Circumstances of the good-looking boy
美少年の事情

美《び》少《しょう》年《ねん》の事《じ》情《じょう》

佐《さ》倉《くら》朱《あか》里《り》

ILLUSTRATION：やまがたさとみ

美少年の事情

LYNX ROMANCE

CONTENTS

美少年の事情

それは、ごく普通の、何の変哲もない、ありふれた金曜日のことだったはずなのに。

「おじちゃん！　おじちゃん待って！」

子供のかんだかい、ほとんど悲鳴といっていいような叫びが聞こえる。

「おっ、おれ、誰《だれ》か呼んでくる！」

「おじちゃん、がんばって！　流されちゃだめだよ！」

必死な呼びかけ、水の音にかき消されそうなそれをかろうじて耳にしながら、佐賀太一郎《さがたいちろう》は、そういえば自分の人生は、流されっぱなしだったなあ、と思った。

足がつり、思うように動かせない体を流れにさらわれながら、あまりきれいとは言えない水も飲んでしまった。もしかしたら、肺にまで入ったのかもしれない、胸がものすごく痛い。

水の中で咳《せ》きこみ、もがいた拍子にわずかに顔が水面から出て、酸素を確保しようとしつつも、そうはさせまいと悪意を持ったかのような水に引きずりこまれる。

「おじちゃん！」

女の子の悲鳴は、泣き声だ。励ましてくれようというのか、子犬が懸命に吠《ほ》えているのも聞こえる。

子供の情操教育上、よろしくない場面を見せているのかもしれない、と感じた。

あの子はあの犬をかわいがってやれるかな、とも考えた。

そしてそれきり、意識が途切れた。

「課長、今日って残業ナシですか？」

夏の長い日がようやく傾き、オフィスに、斜め向かいのビルの隙間《すきま》から西口が射しこむころ、部下の女の子がさりげないふうで訊《き》いてきた。佐賀はパソコンの決算書から顔を上げた。

「あれ、今日はおデートかい？」

女の子――柏木《かしわぎ》さんという、この課で一番の若手だ――は、目を吊《つ》り上げた。

「そういうこと訊くのって、セクハラですよ！」

佐賀はかるくいなす。

「何言ってるんだい、おデートくらい大事な用でなければ、残業してもらうだけだよ。上半期の決算月だもの、仕事は山積みだろう？」

柏木さんは口をへの字にした。反論できないようだ。

佐賀はにこにこして確認した。

「…で、おデートなの？」

柏木さんは口をとがらせ、かわいらしくも上目遣いで睨《にら》んできた。

「……おデートです」

「そうかあ。いやあ、いいねえ、若い子は。よし、じゃあ今日は残業はなしだ。週明け頑張ってもらうからね」

「はーい」

「というわけで、みんなも定時であがっていいからねー」

興味津々でなりゆきを窺《うかが》っていた課員たちも元気よく返事をした。

とはいえ、この総務課には佐賀を含めても四人しかいない。女性の事務員ばかりの課だ。勤続三十年というベテランの宮尾《みやお》さんを筆頭に、三十代（大台ぎりぎり手前らしいが深くは追及しない）の早川《はや》《かわ》さん、そして二十代の柏木さんだ。経験も性格も違う彼女らは、怒らせるとおっかないが面倒見《めんどうみ》のよい宮尾さんのもと、うまくまとまっている。

「あ、柏木さん、今朝頼んどいた書類はできてるかな。これだけはあげてってほしいんだけど」

「できてまーす」

柏木さんはいい返事をして、佐賀のデスクまで持ってきた。

「おお、ありがとう。さては早帰りしたくて頑張ったな？」

「えへへー」

「仕事にメリハリをつけるのはいいことだよ。仕事帰りに楽しみをつくるのも大変けっこうだ。これからも頼むよ」

「はーい」

さて、そんなわけで定時で終業というときに、おデートのために真っ先にオフィスを飛び出していった柏木さん、控えめに出ていった早川さんを見送ると、宮尾さんが見積書のまとめを持ってデスクにやって来た。

「ご苦労さん。宮尾さんも帰ってもらっていいよ、残りは週明けのお楽しみだ」

「ありがとうございます。……課長は、仕事帰りに楽しみなんてお持ちですか？」

「僕？」

佐賀は目をぱちくりさせた。この課で唯一の所帯持ち——佐賀も独り身なので——の宮尾さんは、お母さんみたいな表情をしている。きっと彼女の子供たちは、いつもこんなまなざしに見つめられ、見守られているのだろう。

佐賀は頭を掻《か》いた。

「うーん、そうだねえ……クラシックを聴くくらいかなあ。もっとも、コンサートには一度しか行ったことがないんだけどね。ＣＤばっかりだ」

「そうですか」

「モーツァルトはいいよ。あの狂躁《きょうそう》的なところがね。ふつう、音楽家が交響曲を書こうと思ったら、どんなに頑張っても二けたはいかないそうだけども、モーツァルトは四十一曲も書いてるんだ。しかも三十五歳の生涯のうちにだよ。やっぱり天才だよね」

「わたしも好きです、映画を見てずいぶんイメージ変わりましたけど」

「あとは風呂《ふろ》かな。ああ、こないだみんなからもらった入浴剤、あれすごくいいねえ」

「そうですか？　よかったです」

それは、先月、佐賀の誕生日に皆から贈られたヒノキの入浴剤だった。浴槽の湯にキャップ一杯、湯気にほんわりとしたヒノキの香りが漂って、身も心もリラックスできるのだ。

「一日の終わりに、いやなことみんな忘れて体がだらーんってなる感じだよ。そこで風呂あがりのビールがことさらにしみるんだよね。ほんとにありがとう」

宮尾さんは困ったようにちょっと眉《まゆ》を寄せた。

「それで酔っ払って裸のまま寝たらだめですよ」

「あれ、なんで知ってるの」

「やっぱり……」

宮尾さんはあきれて腕組みした。

佐賀は慌ててた。

「いや、もちろん、毎日ってわけじゃないよ、もちろん。ただ疲れてたりすると——」

しかし宮尾さんは追及の手をゆるめない。

「ちなみに、昨夜は何を食べました？」

「コンビニでおべんと買って帰ったよ。生姜《しょうが》焼き弁当っていうのがおいしくって——」

「その前の晩は」

「コンビニで天津飯弁当買った」

「その前は？」

「コンビニ弁当……」

佐賀は次第にいたたまれなくなってきた。宮尾お母さんの指摘は、いつだってキビシイ。

彼女ははあっとためいきをついた。

「課長、体を壊す前に、ちゃんと栄養バランスのとれたごはんをつくってくれるお嫁さんをもらってくださいね」

「えぇー…………はい、努力します」

「お願いします。じゃあわたし、これで失礼しますね」

「ああ、うん。お疲れさま」

佐賀は見積書をとんとんとそろえながら彼女を見送った。

「さて、と」

今日は終わりだ。決算期で仕事が山積みなのも、何も柏木さんへの意地悪だけで言ったわけではないが、仕事は前倒しで進めておかないと落ち着かない性分なので、早め早めの期限設定になっているだけなのだ。週明けからまた頑張れば問題ない。

今日は花の金曜日、一週間の疲れをゆっくりとるのもいいだろう。そう決めて、デスクの引き出しや書類キャビネットに鍵《かぎ》をかけ、窓の戸締りをもう一度確認してオフィスを出る。

営業のオフィスからはまだ明かりがもれていた。彼らは、さらなる売り上げの向上を目指して、追い上げにかかっているのだろう。

十年ほど前には、自分もあそこにいたのだが、ずいぶんむかしのことのような、つい昨日のことのような、ふしぎな感覚だった。アフターフォローのきめ細かさという点で定評はあったが、押しの弱い性格ゆえか、新規に契約をとってくるという、営業の最大の成果はなかなかあげられなかった。自分でもそれはよくわかっていたので、いつしか、どちらかといえば、同僚や後輩のとってくる仕事のフォローにまわることが多くなり、十年前、当時の総務課長が退職することになったとき、その椅子《いす》を任されたのだ。

営業は会社の華、と考えていた、まだ存命だった父などは少なからず落胆したようだった。佐賀自身も、左遷かな、とその言葉がちらと頭をよぎった。だが、営業と事務は車の両輪だとも思い直した。サポートだって立派な仕事だ。そして、宮尾さんに指導され、時に叱《しか》られながら、こつこつとやってきて、今にいたる。

不遇だ、と考えたことはない。営業実績によってボーナスに色がつかなくとも、営業課にいたときさえそういうことはまれだった。幸いにして、女性ばかりの課員ともよく連携がとれている、と思う。

外に出ると、むっとするような熱気がアスファルトから立ちのぼっているのに気付いた。暦の上では秋とは言うものの、残暑は厳しく、いつまで続くとも知れない。

「あっついねえ……」

こう暑いと、ガスコンロの前になど立とうとも思えない。第一、朝のうちにつくっておいた豆腐の味噌《みそ》汁が、その夜には得体の知れない何かに変容しているのを見ては、チョンガー（死語だ）の自炊について、考えざるをえなかった。カロリーと塩分が過剰なのが難とはいえども、おいしいものが手軽に食べられるとは、コンビニさまさまだ。

まあ、そのせいで最近は、腹のあたりに余分な栄養を蓄えてもいるのだが。

近ごろ弾力を増しつつある腹部をさすりつつ、駅前のコンビニで弁当を買い——今日は和風ハンバーグ弁当にした——体を壊す前に、と心配してくれた宮尾さんの顔を思い出して、遠回りして川べりを歩いてみた。

川風は、思っていたより涼しく感じられた。灼《や》けたアスファルトとは違う、土の匂《にお》い、草の匂いもする。土手の上をのんびり歩きつつ、どこか適当なところに腰をおろして、買ってきた弁当を広げてもいいかな、と思う。

けれど、日中ならともかく、こんな夕暮れ時に、いかにもくたびれたおっさんがそんなことしてたら、わびしいだけかな、とも思う。

そんなことを考えながら歩いていると、子供たちがきゃあきゃあ騒ぐ声が聞こえた。こんなに暑い中でも、子供らは元気だねえ、などと声のするほうを見ると、川っぷちにおりたあたりに、三人ほど固まっていた。髪をふたつに結んだ女の子と、男の子が二人だ。小学校低学年というところか。

「……？」

佐賀は足をとめた。遊んでいるにしては、様子がおかしい。水面のほうをのぞきこんで、何か指差している。

あまり夢中になって近付きすぎると危ないよ、と注意しようとして、その中の一人の少年と目が合った。

「おじちゃん！」

呼びかけられて、面食らった。少年は必死な様子で駆け寄ってきた。

「ねえ、助けてよ！　子犬が流されそうなんだ！」

「ええ？」

佐賀はびっくりした。騒いでいたのはそれか。

袖《そで》を引っ張られるまま川岸へおりてゆくと、なるほど、昨日の雨でややかさを増した流れに、何かの低木が根方を洗われている、その陰に、クーンクーンと哀れっぽい声で鳴く子犬がひっかかっていた。

「ああ、これは危ないね」

思わず呟《つぶや》くと、女の子がじっと見上げてくる。助けてくれるよね？　と何よりも雄弁に問いかけるそのまなざしに、佐賀はしばし考えてしまった。

泳ぎには自信はない。いや、そもそも自信のあるスポーツなどないのだが、川や海、流れのあるところで泳いだ経験など皆無なだけに、いっそう不安になる。

だがまあ、ちょっと水に足をつっこんで、木の茂みにはまっている子犬を引き上げるくらいならできそうか。佐賀はやれやれと思いながら、荷物を置き、上着を脱ぎ、靴と靴下も脱いでスラックスの裾《すそ》をまくりあげた。

川の流れに足をひたすと、夏とはいえ、ひやりとするほど冷たかった。プールもこんなに冷たいものだったっけ、と思いながら、慎重に足場を確かめ——川底はコケだか泥だかでぬるぬるしている——ぷるぷる震える子犬に近付いた。

「よしよし、暴れるんじゃないぞ」

くぅん、と子犬がうなずくように鼻面を動かした。

子供たちは固唾《かたず》を飲んで見守っている。佐賀は、一世一代の大勝負とばかり、ぐいと踏みこんで子犬の小さな体をつかまえた。

「よーしよし、いい子だ」

おとなしく救助されるままにしていた子犬を、ぱあっと光が射すような笑顔になった女の子に手渡そうと体重を移動したとき、足元がぬるりとすべった。

とっさに、女の子の、子犬を抱き取ろうと広げていた腕の中にその小さな生き物を押しこんだ。次の瞬間には、佐賀はざぶんとあおのけにひっくり返っていた。

反射的に、子犬のひっかかっていた低木の枝をつかんだ。

が、なんとしたことだ、それは株ごと佐賀のほうに泳いできた。——そこに生えていたものではなく、たまたま流されてそこにひっかかっていただけだったのだ。先日の台風で流されてきたものだったのだろう。子犬の重みくらいは支えられたが、佐賀の重みには耐えられなかったのだ。

そうと気付いてももう遅い。佐賀の体は完全に流れに落ちこんでいた。

岸に脱いできた上着の中に身分証明書が入っているから、身元はすぐにわかるだろう。自宅には誰もいないが、ケータイの中に会社と、伯父の連絡先も入っているから、一報はそちらにも行くと考えられる。伯父には迷惑をかけてしまうかも、それを言うなら会社が先か、ああ、家は伯父さんにあげるから、甥《おい》っ子たちにくれてやっていいよ、宮尾さん、週明け、キャビネットのいつもの書類ケース

の上に、朝イチで上にまわしてほしい文書があるんだけど、気付いてくれるかな……。

脳内にそれらのことがものすごいスピードで駆けめぐり、しかし当然のことに、それを誰に伝える術《すべ》もなく、佐賀の意識はブラックアウトした。

◇　◇　◇

——夢から意識が切り離されたと感じたとき、佐賀の考えたのは、土曜の朝は可燃ゴミを出さなくては、ということだった。まだ夢うつつのまま、昨日のできごとを反芻《はんすう》するともなしに反芻していると、なんだかいろんなことがあったなあなどとも思う。

柏木さんのおデートの首尾や、宮尾さんのお説教や、あの子供たち、自分の助けた子犬の行く末を思い、はたと、最も重要なことを思い出した。——自分は、あのあと、どうしたのだろう？

溺《おぼ》れかけたはずだ。いや、はっきりと溺れた。自力で岸にあがれなかったし、そもそも途中で意識を失ったし、子供たちが助けを呼んでくれたのか、救助されたのか、とそこに思考が及んで、佐賀はがばりと起き上がった。

起き上がって――絶句した。

そこは、広い部屋だった。ベッドがあるということは、寝室なのだろうが、べらぼうに広い。佐賀の家の、ダイニング・キッチンとリビングと、さらに仏間を合わせたくらい、いや、もっとあるかもしれない。三十畳、四十畳？ それ以上か。

もちろん、内装や調度も優美で、佐賀はそういうもののブランドなどにはとんとうといが、直線と曲線が絶妙なバランスで組み合わされたそれらが美しいことはわかる。

どう見ても、病院ではない。自分の家では、もちろんない。

ではどこだ？ 誰に助けられたのだ？

首をひねっていると、ドアのひらく音がした。そちらを向くと、青みがかったグレーの、クラシックな服装の女性が、水差しとグラスの乗った盆を運んできた。三十代後半というところだろうか、亜麻色の髪をきちんとまとめて、その上から、風変わりな帽子をかぶっている。

「あ…どうもすみません、僕を助けてくださったのは、そちらでしょうか」

彼女は目をみはった。盆を小さなテーブルに置き、口をひらいて何か言ったのだが、佐賀は耳をそばだてた。

「えーと……あのう……エクスキューズ・ミー？」

しかし、何度訊き返しても、何度言い直してもらっても、彼女の言うことが何か――それどころか、自分が今までに聞き知っている何となく何語っぽいということも、判断がつかなかったのである。

「マジか……」

佐賀は呆然《ぼうぜん》とひとりごちたが、困ったのはあちらも同じらしく、手振りで待つよう示して、部屋を出ていった。

取り残されて、佐賀は頭を抱えた。

「外国……なのかな。英語が通じないってことは、ロシアとか？　あ、中国とか、韓国のほうが近いのかな……。いやいや、そもそも僕、川に落ちただけだったよね？　関東から流されたって太平洋に出るだけだと思うんだけど、いきなりワープしたってこと？　それともフィリピンとかインドネシアとか、そっちに流されちゃったのかな？」

ぶつぶつと、ごちゃごちゃの頭の中を整理するように、とりとめもないことを呟く。そうでもしていないと、パニックを起こして奇声をあげてしまいそうだ。

なんだかくらくらしてきた。どうして、なぜ、僕が何をした、と、そればかり考えてしまう。

平凡な金曜日だったはずなのに――昨日と変わらない今日のはずだったのに。

ぼすんと枕《まくら》に頭を落とし、これは夢だったってオチにならないかな、と目を閉じる。次に目をあけたらそこは病院で、お医者さんか看護師さんか、伯父がのぞきこんでいて、心配かけおって、とおこごとをもらい、すみません…と頭を下げる、そんなことにならないかな、と。

そうだ、きっとそうなる。そうならないわけがない。関東平野から外国まで流されたなんて荒唐無稽《こうとうむけい》な話より、そっちのほうがよほど現実的ではないか。

ようやく自分が納得できる事態を組み立てていると、またとろとろと眠気がやって来た。

大丈夫、今度は現実の世界で目が覚める……半ば言い聞かせるようにして、佐賀は眠った。

しかし、運命の神——あるいは悪魔——は、そこまで甘くなかったようだ。肩を揺らされる振動で目を覚ましたとき、まわりは例のだだっ広い部屋で、視界の隅にはあのクランックな服装の女性がおり、そして視界の真ん中で自分をのぞきこんでいるのは、金髪碧眼《へきがん》の、絵に描《か》いた王子さまのような青年だったからだ。ちょっと目元にきつい印象があり、表情はどことなく物憂げだが、それらは顔立ちの端整さを損ねるものではなかった。

しかしその美貌《びぼう》は、同時に、佐賀に絶望ももたらした。

「あー…やっぱり……」

夢だったらどんなにいいかと望んでいたが、どうやら夢ではないらしい。佐賀が途方に暮れていると、青年はじっと見つめてきて——めまいがしそうなほど美しい、ちょっとグリーンがかったブルーの目だ——何か言いながら手を差し出してきた。

その手に持つのは、ピンポン玉くらいの赤紫色の球体だった。石なのか、樹脂なのか、内で炎が揺らめくような微妙な色合いだ。

「え？　持ってってこと？」

相変わらず何を言っているのかわからないながら、その球《たま》をこちらにつきつける青年のしぐさから察するに、そういうことなのだろう。佐賀はそれを受け取った。冷たく、固いそれは、予想していたより重みがある。

また青年が口をひらいた。

「……私の言うことがわかるか？」

「おお！　わかる！」

佐賀は思わず相手に飛びつきそうになった。

「それはよかった」

青年も少なからずほっとしたようだ。

「これは言葉を通じさせる球だ。身につけていれば、こちらとそちらで意思の疎通が可能だ。あとで首にかけられるようにしてやろう」

佐賀は深く安堵《あんど》の息をついた。見知らぬ場所で、人と言葉の通じないことが、こんなに恐怖をあおるとは思わなかった。

「いやー、何から何までお世話に……、……どういう仕組み？」

しげしげと球を見る。

青年はかたちのよいおとがいに手をやった。

「説明は難しいな」

「魔法みたいだねえ」

「魔法？　……ああ、なるほど。そういうものだ」

冗談のつもりのせりふを、肯定されて驚いた。だが、そうと言われてしまえば、佐賀にはもう反論などできない。

「私はサフィエルス・サラキス・サトゥールだ」

さらりと自己紹介された名前は、なんだかいやに――その端整な容貌と同じに――きらびやかだ。

「サ……ええええと、ごめんね、もう一度」

「……サフィルでいい」

「サフィルね。サフィル。サフィル……」

佐賀はぶつぶつとくりかえした。近ごろますます、カタカナの名前が覚えられなくなって困ったものだ。

「助けてくれたのはきみかい？　僕はいったいどうしちゃったんだろう？」

「それはこちらも訊きたいところだが、私の知っている限り、おまえはどこからか川に落ちてきたのだ。私は仲間らと狩に出ていてその水音に気付き、おまえを拾い上げてきた」

「はあ、なるほど……」

「水練が不得手なら、あんなところで飛びこむべきではないな」

「いやあ、僕も飛びこむつもりはなかったんだけどねえ……」

佐賀は頭を搔いた。

「それで、ここは？」

「私の屋敷だ」

「ええと、その屋敷はどこにあるんだい？」

「教えてもいいが……ファルシスのペルセにある、と答えたところでわかるか？」

「そうだね、わからない！」

佐賀は頭を抱えた。

くりかえして言うが、カタカナ名は一度で覚えられない。

「えええと、どこにあるって？」

サフィルはあきれたような顔をしながらも、根気よくゆっくりとした発音で答えてくれた。

「ファルシスの、ペルセだ」

「その、ファルシスって、なに？」

「国の名だ」

「ぺ…ペルセ、てのは？」

「都市の名だ」

つまり、ファルシス国ペルセ市、ということなのだろう。ロシアでも韓国でも中国でも、フィリピンでもインドネシアでもなかったわけだ。

しかし、それがわかったところで、依然として、つまりそれがどこかということの解答にはならないのだ。

「ちょっと待ってよ、それってほんと？　いったいどういうこと？　僕はどうしたらいいんだろう!?」

次第に不安がふくれあがって、だんだん声が大きくなる。

「おい――」

たじろぐサフィルの手をつかみ、ひたと見つめた。

「か…、帰れる、よね？」

「帰れる……？」

「え、いやいや、そこで何で首をかしげるかなあ！　帰れるよね!?」

「待て、落ち着け」

「帰れるよね！」

帰れる、と、それ以外の答えは認めん、という勢いで問いつめると、サフィルは眉を寄せた。

「……記録を読み返してみる」

「ありがとう！　よろしく頼むよ！」

「だから手を放せ……っ」

「ああ、ごめん」

よほどきつくつかんでしまっていたのか、サフィルは、ようやく自由を取り戻した我が手をさすっている。

佐賀はためいきをついた。

「まいったなあ……僕は子犬を助けようとして川に落ちただけなんだよ。どうしてこんなことになっちゃったんだろう」

ベッドの上で膝《ひざ》を抱え、そこに顔を押しつける。夢なら覚めてくれればいいのに、と頬《ほお》をつねったりしても、痛いだけで目は覚めそうにない。

サフィルが小さく息をつく気配があった。

「おまえの名は？」

「僕？　僕は佐賀太一郎……」

訊《たず》ねられるままに答えて、少々ひっかかるものを感じて、顔を上げる。

「ねえ、きみ、そりゃ僕はきみに助けてもらったのかもしれないけど、それにしたっていきなりおまえ呼ばわりはないと思うよ」

サフィルはきょとんとした。

「なぜだ？」

「なぜって、年上に対する一応の礼儀ってもんがあるだろう？」

「年上？」

ますますわけがわからないという顔つきをされて、佐賀も不安になった。

そうだ、ここは自分の知るどんな国とも違うのだ。もしかしたら、目上の人間に対する礼儀などというものも、こちらの常識が通じないのかもしれない。たとえば――たとえば、年齢の上下にかかわらず、人はみな平等、とか。彼らの言語そのものに、丁寧語に類するものがないとか。

サフィルは怪訝《けげん》そうな表情で訊き返してきた。

「自分がどれほど年上だと思っているのだ？　いくつも違わないだろう？」

佐賀はあきれた。いくら日本人が若く見えるからといって、自分が、このきらきらした王子さまといくつも違わないように見えるはずがない。

「そんなわけないじゃないか。きみはいくつ？」

「二十歳だ」

佐賀は思わず大声になった。

「きみが二十歳なら、僕の半分もいってないじゃないか！　言っとくけど、僕は先月いよいよ五十になったんだよ!?」

サフィルは驚いたようだ。こちらも大声になった。

「そんなはずがないだろう、その顔で！」

「どんな顔だって!?　悪かったね、きみみたいにハンサムじゃなくて！」

すると、視界の片隅にじっと、置物のように控えていた女性が、静かに鏡を持ってきた。

サフィルがそれを黙って佐賀に突き出した。

佐賀はそれをのぞきこみ、目を疑った。

「誰だよ、これ!!」

鏡の中からは、栗色《くりいろ》の髪をした、涼やかな目元の、甘く端整な顔立ちの——そう、サフィルと同じくらいハンサムだと評していいだろう——若者が、驚きの表情で佐賀を見返しているのだった。

「ありえない……」

佐賀は枕につっぷして呻《うめ》いていた。

「そんなばかなことがあるわけないいんだ。さもなければ、僕はやっぱり川に落ちて死んでるんだ。だってそうでもなきゃおかしいだろう？　気がついたら言葉も通じない国にいて、顔もまるっきり変わってて、おまけに若返ってるなんて……」

「……まあ、気持ちはわからないでもないが」

サフィルも対処に困るらしく、歯切れが悪い。

「あの川は三途《さんず》の川だったんだ……」

「サンズノカワ？」

「死んだ人が渡る川だよ」

「おまえは死んではいないが、それまでの現実から切り離されたという点では、確かに死んだようなものだな」

「慰めるのか突き落とすのかどっちかにしてよ……」

佐賀はますます沈みこんだ。

「……で、話を整理したいのだが」

サフィルが言い、佐賀はもぞもぞと起き上がった。

「名前からもう一度確認させてくれ。サガ…と言ったか？」

「佐賀、だよ」

佐賀は訂正した。自分の名字の「佐賀」は上がり調子で発音するのだが、サフィルは下がり調子で発音した。ちょっと違和感がある。

それと同時に、ふしぎな感覚もあった。サフィルが下がり調子で「サガ」と言ったとき、頭の中に、「詩歌」というようなイメージが湧《わ》いたのだ。

首をかしげていると、サフィルが察したように説明した。

「『サガ』とはこちらの言葉で詩のことだ。予言のことでもある」

「そうなんだ？」

「美しい言葉で綴《つづ》られる、人ならざる者の声だ。だから私はおまえをサガと呼ぶ」

「……あ、そう」

いいような、よくはないような、わけがわからないような。

「おまえの持つ、その珠は――」

とサフィルが指差したので、佐賀も手の中の、赤紫色の球を見た。

「我々は《宝珠》と呼んでいる。おまえの国の言葉と、こちらの国の言葉を橋渡しする。これまでに知る語彙《ごい》があればそのまま置き換えるし、知らない単語であれば、おまえの脳に直接イメージとして送る」

「ええっ？」

佐賀はびっくりした。インターネットでたまにお目にかかる自動翻訳のお粗末さを知る身としては、それはとてもすごい能力だ。こんな小さな球体に、そんな技術が収められているのだろうか。

それはハイテクなのか、それとも魔法なのか。

「歳は、五十…と言ったな？」

「そうだよ。八月五日生まれ。先月めでたく五十歳になって、課の女性陣からプレゼントをもらって、それがヒノキの入浴剤ですごく香りがよくって……」

「それはおいとけ」

あのお湯につかる至福のときはもう味わえないのかと悲観していると、強引に話の向きを修正された。

「今のおまえは、私と同じくらいの年齢に見える。むこうの世界ではそんなことはなかったのだな？」

「そうだよ。どこからどう見てもふつうにそこらにいるおっさんで、まあ、独身だったから多少若く見えたかもしれないけど、特別童顔ってわけでもなかった。第一、顔の造作がまるでちがうよ！　イケメンだって言われたことなんかない、ほんとにどこにでもいそうな、平々凡々な貌《かお》だったんだから」

「イケメン……」

サフィルの、何を言わんとするのかわからない、という顔つきを見ると、この《宝珠》の中にない語彙なのかもしれない。佐賀は説明した。

「現代風のハンサムだってこと。ハンサムはわかる？」

「色男ということだろう」

「色男……今はそっちのほうが言わないかな？」

「なるほど」

話しているうちに、少し落ち着いてきた。そうとも、仕事をしていれば、イレギュラーなできごと、トラブルと呼ばれるできごとも、ままあった。発注伝票のケタをひとつ間違っていたことに気付いたときの、あの衝撃！　しかもそれが金曜の夜で、取引先がすでに営業終了後だったときの、あの絶望！　困難を前にしてこそ、人は冷静にならなければいけない。

深呼吸していると、もとより冷静な若者は、質問を続けた。

「川に落ちた記憶はあるか？」

「落ちた…というか、流されたというか」

「ほう？」

「家に帰る途中、川べりを通ったら、子供たちが騒いでてね。子犬が川に落ちて、流されそうだから助けてやってくれって頼まれて――」

助けてやったはいいが自分が落ちた、とは言いにくくて口ごもっていると、サフィルはその後を正確に続けた。

「それで犬の代わりに自分が流されたのか」

「うっ……」

他人の口から語られる己が失態は、槍《やり》となってこの胸を貫いた。佐賀は本物の痛みを覚えて、そこを押さえる。

サフィルの顔には、「そんなばかげたこと」と書いてあるようだった。めいっぱいあきれている。

「だって、子供の頼みじゃ断れないよ……子犬を見殺しにするのも寝覚めが悪いし……」

ごもごも言い訳すると、サフィルはそれ以上は言わなかった。

「それで、気がついたらここにいたわけだな？」

「そう、そうです」

「どういうわけか若返っていたと」

「うん」

「おまけに顔かたちも変わっていたと」

「うん、これにはもうびっくりだよねえ。信じてくれないかもしれないけど、こんなにほっそりしたかわいい顔なんかじゃ全然なくて、最近は顎《あご》のあたりもたるんできたし、ほっぺに若いころニキビをつぶしちゃった痕《あと》も残ってたし、写真が…、ああ、ケータイもないんだっけ」

春先、社でお花見に行ったとき撮ってもらったのがデータに残っていたはずだが、上着のポケットに入れたまま、川岸に置いてきてしまった。

佐賀は首をかしげた。

「これは神さまが気まぐれを起こしたってことで、喜んでいいのかな？」

「さあな」

サフィルはそっけなく答えた。

これは気難しそうだ、と佐賀は感じた。どうもこの若者は、ハンサムな顔に似合わず愛想がない。若者というのはそういうものなのかもしれない、自分は気弱だったので、人に相対するときは、なるべく波風立たないように笑顔で接するよう努めていたが、最近の若い子は、接客業であってさえ、ぶすっとした子も多いではないか。

しかし、くじけてはいられない。若い時分には、相手が不機嫌そうというだけで腰が引けていた佐賀だが、歳《とし》をとって「あつかましさ」という武器を手に入れたのだ。

「ねえ、訊いてもいいかな」

青年は、相変わらず面倒そうに応じた。

「なんだ？」

「僕はどこから来たんだろう？」

サフィルは思案顔になった。何から話そうかと考えているようでもあり、自分でもよく知っているわけではないことをどう話そうかと考えているようでもあった。

そうして、

「ごくまれにだが」

と前置きしてゆっくり語りだした。

「ここは私の家の――サトゥール家の荘園だが、ごくまれに、本当にまれに、おまえのようにどこからともない客が迷いこんでくることがある」

「……迷いこむ」

佐賀は疑わしげにくりかえした。

サフィルは重々しくうなずいた。

「迷いこんでくるのだ」

佐賀は唸《うな》った。本当だろうか？

「接点は川だ。サトゥール家の記録に、過去の『どこからともない客』のことが載っている。もう七、八十年ばかりも前になるか、やはり川に流されてきて、拾い上げられている」

「ほ…ほんとに？」

そんな記録が残っていることは驚きだが、佐賀にとっては幸いでもあった。サフィルにくわしく調べてもらえば、帰り方がわかるかもしれない。佐賀はいくらか安堵した。

「それが初めてではなかったようだな。その《宝珠》は──」

と、彼は佐賀の握りしめる球体を指差した。

「そういう客が現れるたび、少しずつ成長させているのだが、そういえば、不自由はないか？」

「うん？　今のところはないみたいだけど」

「そうか。前回のときは、前々回のときの《宝珠》では難儀したらしい。言葉が変わっていたのか何なのか、よくわからないが」

「そ…そうなんだ」

佐賀は冷や汗が出る思いだった。七、八十年なら言葉遣いにさほど変化はないが（たぶん）、これが二百年や三百年だとどうなるか。

三百年前なら江戸時代、五百年も前なら室町とか、戦国時代だ。この世界の人々の言葉を、織田信長がしゃべっていたのと同じ言葉に翻訳されても、とまどうしかないだろうことは想像に難くない。

そもそも、「標準語」というものがない時代なら、この《宝珠》は、話す人のお国なまりをそっくり学習することになる。関東圏から出たことのない佐賀には、鹿児島弁や津軽弁は未知の言語にひとしい。

つまりもろもろ、運がよかったのだろう。
七、八十年前に落ちてきた人、グッジョブ、と親指を立てたい気分だった。
佐賀はてのひらの《宝珠》を見つめた。思えば、この小さな物体はどんな装置なのか、自動翻訳機だとしたら大変なハイテクだし、魔法だとしたらそれはそれで驚きだ。

精密機械でも入っているのか、どうなのかと、いじりまわしてみる。どうも、つなぎめなどはなさそうだ。ひんやりした表面はあくまでなめらかで、傷のひとつもない。

炎のゆらぐような微妙な色合いは、むかしなつかしいスーパーボールのようだ。それより重く、もちろん弾力はない。爪《つめ》でたたくとカツカツと音がする。

「これ、落としたら壊れる？」

「よほど強い力でたたきつけでもしない限り壊れたという話は聞かないが、そもそもそんな乱暴な扱い方をした者はいない」

「ふーん」

ちょっと試してみたくなる。

その表情を読まれたか、サフィルが釘《くぎ》をさしてきた。

「万が一壊しても予備はないぞ」

「うわあ」

脅かされて、そちらにこそ慌てて取り落としそうになった。

またサフィルがあきれた顔つきになった。

「スイマセン……」

佐賀は小さくなるしかない。

サフィルはひとつ息を吐き、ちょうどそこへメイドがトレイに乗せて運んできた、金のネックレスのようなものを取りあげながら言った。

「ひとまず、おまえのことを客として遇しよう。何かほしいものがあれば何でも言え、可能な限りそろえよう」

「あ…ありがとう」

「《宝珠》をかせ」

「これ？　はい」

おとなしく手渡すと、サフィルは、ネックレスの先端についた、金鎖で編んだ小さなネットのような部分に《宝珠》をおさめ、こぼれないよう固定して、それを佐賀の首にかけた。

「おお……」

佐賀は感嘆した。これで、落とすまいか、壊しはしまいかと気にしながら、始終手に持っていなくてすむ。

「これは助かるよ。どうもありがとう！」

「どういたしまして」

サフィルはそこで初めて、口の端にちらと笑みをひらめかせた。

佐賀は貴重なものを見た思いがした。もともと端整な顔がやわらいだ表情をうかべると、同性でも見とれるようだ。

しかしながら、佐賀までにっこりしたのには、サフィルはまたおっくうそうな顔つきに戻ってしまったのだったが。

◇　◇　◇

ともあれ佐賀は、サトゥール家の客として遇されることになった。部屋を与えられ、身の回りの世話をする係の者がつけられ、手厚い看護を受け、何の不自由もない——が、ただひとつ、佐賀が、眉を寄せたもの。

それが、こちらの衣服だった。

こちらでは、基本的に、男女ともスカートのような筒型のボトムをまとうらしい。女性はくるぶしまでの長いものだが、男性は膝丈だ。足にはサンダルに類する履物をはき、つまり膝下はむきだしになる。

医者から、もう普通の生活に戻ってよいと許可され、寝間着以外の服を着ることになって、用意されたそれを見たとき、佐賀は抵抗した。

「いや、僕はここに来たとき着てたのがいいなあ。これはちょっと」

「こちらにお越しになったときお召しになっていたもの…でございますか……」

今度は世話係（いわゆるメイドさんだ）がちょっと眉を寄せた。

「だめかな？」

「だめ…と申しますか……あちこち傷んでおりまして。サガさまが川に落ちられたときかと思うのですが」

「あちゃー……」

自分では意識していなかったが、川に流されるうち、川底の石や木の枝ででもひっかけたのかもしれない。そうだ、自分にだって知らないうちに打ち身がいくつもできていたではないか。

「でもこれは……ねえ……」

佐賀は真新しい衣服を広げた。白の上下で、全体的にゆったりとして動きやすそうではあった。が、シャツに類する上着（ナラムというらしい）に対し、下は、どう見ても膝丈のスカートのような格好なのだ。裾をめくってみたが、キュロットでもない。

「これって、すねがむきだしになるってことだよね……おっさんの毛ずねなんて見せちゃいけないような気がするんだよねえ……せめて丈が長ければ、浴衣とか着流しとかと一緒だって思えるんだけどなあ」

現に、今着ている寝間着は丈が膝下まであり、ナイトシャツのような感覚なので、抵抗はあまりない。……いや、実際には、ナイトシャツにしては布地がたっぷりしているのだが、ネグリジェなどとは断じて考えまい。

メイドはますます困ったように眉を寄せた。

「丈の長いものは、婦人の服装ですわ」

「ああああ……」

佐賀は頭を抱える。おっさんの毛ずねを見せびらかすのと、女装趣味と後ろ指をさされるのと、どちらがましだろうか。

そこへサフィルがやって来た。

「今度は何だ？」

「サフィル、この服なんだけど！」

「わが国の平服だな」

「このスカートの下に、せめてズボンをはいたらだめかな？」

重ね着すれば、いくらか抵抗がなくなるかもしれないという譲歩は、

「そんな奇怪な習慣はない」

とサフィルに一蹴《いっしゅう》された。

「健康的なふくらはぎは、男性らしい魅力のひとつだ」

「いや、きみたちみたいにきらきらした金髪の人はいいのかもしれないけど、ぼくらみたいな黒髪は目立つんだよ」

「何が」

「すね毛が！」

「……大して目立たないだろう」

そう言いながら、サフィルが無遠慮に佐賀の寝間着の裾を大きくまくりあげたので、佐賀は悲鳴をあげた。

「ぎゃあああ！」

サフィルはわざとらしく耳をふさぐ。

「なんと騒々しい声をあげるのだ」

「だっ、だって、きみ……！」

佐賀はマリリン・モンローのように裾を押さえながらあたふたした。

「大丈夫だ、大して目立たない。自分で見てみろ」

ほら、となおも裾をたくしあげられて、佐賀はしぶしぶ己れの脚を見た。

「……へ？」

と間の抜けた声がもれたのは、寝間着の裾からにょっきりと伸びた脚は、かつて着替えの最中、あるいは風呂場で、よく見慣れたものではなく、白くなめらかな肌の、体毛の目立たない脚だったからだ。

「ああそうだ、顔も変わってたんだっけ……」

佐賀は両手で頬をぺたぺたさわってみる。

「体毛が気になるなら、あとで抜け。その役目の者をつけてやる」

「いやいやいや、抜くとかありえない」

「温存しておきたいのか？」

「そういうことじゃなくて！」

佐賀はためいきをついた。言葉は通じても、観念とか常識とかといったものが通じないのは、どこかアンバランスに、衣服の片袖だけひっぱられるような、そんな違和感がある。

言葉が通じる、ということは、その言語の背景にある文化や習慣というものをひっくるめて理解しないと、意味がないんだなあ、とあらためて思う。サフィルと話していて、何を言っているかわかっても、「なに言ってんのこの子」という場面にちょくちょくぶち当たるのは、つまりそういうことだ。たぶん、お互いに。

「それにしてもこれはなあ……」

いくらふくらはぎが見せびらかすに値するものになっていたとしても、やはりこのスカート様の服には、抵抗がある。

「誰もおかしいなどとは思わん。着ればよいだろう」

「ええー……。いや、やっぱりこれはちょっと。僕自身の意識の問題で」

「我が国の服装をするのが？」

「僕の国ではスカートと呼ばれるものを着るのが」

「おまえの国でどう呼ばれていたかは知らないが、我が国ではナルダと呼ばれる。別物と思えばいいではないか」

「せめて半ズボンだったらましなんだけど……」

「半ズボン？」

「膝丈くらいのズボンだよ」

「すねが出るのに変わりはないだろう。何をそんなにこだわるのだ」

「あー、どう言えば伝わるのかなあ」

佐賀はためいきをついた。

これはよそ者の自分のほうが譲るべきなのか、それともよそ者だからこそこちらの流儀も尊重してほしいと望むべきなのか。

何にせよ、二人の主張は平行線で、佐賀はまだふしぶしが痛かったこともあって、打開策が見つかるまで——あるいは自分にスカートをはく覚悟ができるまで——ベッドの中ですごすことにした。

「好きにしろ」

あからさまに顔をしかめたサフィルに、そうします、と答え、ふいに思い出して念を押した。

「そういえば、帰り方はわかりそうかい？」

青年はさらに顔をしかめた。

「……調べている」

「よろしく頼むよ、きみが頼りなんだ」

サフィルは鼻から短く息をもらして、部屋を出ていった。いらだたしげなうしろ姿には、はっきりと、「面倒だ」と書いてあった。

若い子が人前で平気でむっとしてみせられるのは、むこうでもここでも一緒だな、などと佐賀は思ったが。

「……怒らせちゃったかな？」

ということに気付いたのは、あくる朝だ。起こしにきたメイドさんに、洗顔と着替え（つまりスカートだ）の仕度をされ、今日はどうなさいますか、とその視線に訊ねられたとき。

よく考えたら、川に落ちたところを（どうやら彼にとってはそういうことらしい）助けてくれて、手当てしてくれて、こんなに広い部屋で、メイドさんまでつけてよくしてくれているのに、たかだかスカートをはけないくらいでごねてしまった。

「いや、でも、スカートってかなりハードル高いよね？」

切実な思いは、知らず口に出ていたらしい。相変わらず静かなたたずまいのメイドさんがひっそりと答えた。

「さあ、わたくしは存じませんが」

「あ、そうだよね……」

佐賀はためいきをつく。

「ここの人たちはもちろん全然平気なんだろうけど、僕のいたところでは——ああ、僕はここの人じゃないんだけど」

「存じております」

「ああそうだよね、最初に言葉が通じなかったのってきみだったものね」

「はい」

「そう、だから、僕のいたところでは、男はスカートなんてはかないものなんだよ。半ズボンだって、僕みたいなおじさんにもなれば、あんまりはかない。うんとカジュアルな、プライベートな場所、たとえば自分の家とかね、そういうところでは、夏の暑いときなら、まあはくかな、っていどで」

「さようでございますか」

「おじさんの毛ずねなんて、見せびらかしたいもんじゃないんだよなあ……僕だったらあんまり見て楽しいものでもないと感じると思うんだよね。若い女の子の脚ならともかく……とと」

佐賀は慌てて口をつぐんだ。そんなことを言ったら、また柏木さんに、セクハラですよ！　と怒られる。

メイドさんが控えめに言った。

「ですが、サガさまは、わたくしから拝見しましても、お若いようでいらっしゃいます」

「ああ、それが一番の問題なんだよ……」

佐賀は顔を両手で覆った。

枕元に置かれた手鏡、少しでも見慣れるようにちょくちょくのぞきこむそれを、また手にとる。まじまじ見つめる鏡の中の顔は、何度見ても、どう見ても、かつての自分とはかけはなれた容貌になっていた。

ともすれば気弱そうに見える不安なまなざしだけは変わらないが、顔が違えば印象はこうまで変わるものか、本来の自分の顔なら、男なんだからもっとしっかりしろ、とどやされる頼りなさだったものが、今の顔では、憂い顔も絵になる。

鼻筋が細く通り、くっきりした二重まぶたの下の眼《め》は涼しげで、その不安そうな色さえ、手を差し伸べてやらなくては、と見る人にアピールするようだ。白いものが見え始めていた黒髪は明るい栗色になり、天パというほどではないがふわっとした感じで頭を包みこんで、肩のあたりまで垂れている。休日に庭の草むしりなどをして日焼けし放題だった肌――もちろん美白など考えたこともない――は白くつややかで、殻をむきたてのゆで卵のようだ。さわったときの弾力というか、ハリというか、そういうものが全然違う。もちろんシワもない。

ティーンエイジャーのころだってこんなにつるぴかだったかな、と首をかしげてしまうほどなのは、まったく別人の肉体に佐賀の精神が入りこんだということなのだろうか。

佐賀は、その発想に青くなった。それはそれで悩ましい問題だ。

「……これ、僕の顔…なんだよね」

「……さようでございますね」

　メイドさんも、表情は動かないが、わけのわからないことを言い出す客に困っているらしいことが、微妙な間からわかる。

「ひとまず、服だよなあ……」

　自分の顔は鏡さえ見なければ目をつぶっておけるとしても、問題は服だ。スカートだ。この脚はすらりとした格好いい脚だったが、だからといって見せびらかしたいものでもない。それに、膝丈のスカートともなれば、ずいぶんすうすうと風通しがよさそうだ。――こころもとないではないか！

　おっさんの毛ずね云々《うんぬん》は、ある意味、口実だ（まるきり口実というだけでもないが）。こころもとないのだ！　風が吹いたらかろやかに舞いあがりそうなスカートの、その防御力が。大事なところがむきだしになり、何らかの脅威の前にさらされるかもしれないというのは、恐怖、ただ恐怖でしかない。スカート一枚隔ててさえ十分ではないと感じられるのに、あまつさえそれが風にまくられたらどうなる？　下着一枚ではさらに不十分、むしろマイナスではないか。

　世の女性はよくあんな短いスカートで闊歩《かっぽ》できるものだ、いや、だからこそパンティストッキングをはくのか、いやいや、それなら最近のナマ足とやらはどうなのだ、女性は幼いころからの習慣ゆえに耐性があるのか、それはこの国の男性も同じことなのか、などと考えてみるが、やはり勇気は出なかった。

寝間着と一緒に着せられていた下着が、これまではいていたトランクスとは異なり、ふんどしというか、T字帯というか、前後に布を渡して腰の部分にひもで巻きとめる形状のものなのにも一因があるかもしれない。なんというか、布のわきからコンニチハしそうになるのだ。ブツが。

そんな防御の頼りない状態で、しかもスカートというのは、非常に、困る。

佐賀はふかぶかとためいきをついた。

「どうしてこんなことになっちゃったんだろう……」

メイドさんも一緒に困ってくれた。

「サガさま……どういたしましょうか」

佐賀は彼女と顔を見合わせた。

「……しかたないんだよね」

彼女も応《こた》えた。

「……しかたないかとは存じます」

「そうだよね……」

佐賀は再びためいきをついた。

ベッドの上に広げられたスカート（ナルダと言うそうだが）を手にとる。白さがまぶしいような、真新しいものだ。布は綿だろうか、手ざわりはよい。

それが直《じか》に腿《もも》のあたりで風にそよぐさまを想像して、佐賀はくじけそうになった。が、いつまでも毛布にくるまっているわけにもいかない。が、心が折れそうになる。が、勇気を出さねば。ためらい、意を決しては、また挫折《ざせつ》し、それを奮い立たせ……と三周くらいくりかえして、佐賀はようやくそれを手に取った。

着付けはメイドさんが手伝ってくれた。薄手の袖なしの肌着を着て、スカートをはく。その上に袖の短いシャツ様の服を着て、ウエストをベルトで締める。履き物は、革のサンダルというか、つっかけのようなものだ。ひもをふくらはぎまで編み上げた古代ローマ風だったり、剣闘士風だったりはしない、シンプルなスタイルだった。

「ど…どうかな……？」

できることなら上から毛布を巻きつけたい欲求と戦いつつ、佐賀は訊ねた。

「よくお似合いでございます」

メイドさんは、決まり文句なのかもしれないが、そうほめてくれた。

「うう、やっぱりすかすかする……」

室内に風など吹きこまないのに、スカートの上から押さえてしまうのはしかたないだろう。

覚悟していた以上に無防備な思いがして、己れの行く末が案じられて、思わず涙目になった。

「お食事は召し上がれそうでしょうか？」

「あ……うん」

「サフィルさまから、サガさまのご体調が許すなら、食堂で一緒にとってはどうかとお訊ねがございました」

「あ…それはかまわないんだけど」

何となくもじもじしてしまう。

「……笑われないかな?」

メイドさんはやんわりと答えた。

「よくお似合いでいらっしゃいます」

「う、うん。ありがとう」

その言葉に勇気づけられて、佐賀は食堂に向かった。

案内される途中、この屋敷には、食堂は二つあると説明を受けた。大食堂は、パーティーなど大人数が一堂に会するときに使われ、普段は小食堂を使うのだという。

よく考えたら、佐賀はまだ寝室以外の部屋を知らないのだった。メイドさんは、あとで案内すると申し出てくれた。

小食堂に着くと、そこにはすでに食卓がしつらえられ、サフィルと、見知らぬ青年が二人、佐賀を待っていた。

まさか他《ほか》の人もいると思わず、佐賀はひるんだ。

「お…おはよう」

かろうじて挨拶《あいさつ》の声を絞り出すと、二人の青年は快活に挨拶を返してきた。

サフィルだけは相変わらずむすっとしている。

「サガ、彼らは私の友人だ。マルガルと、ベリルという」

マルガルの名が出たときに、褐色の巻き毛の青年のほうがかるく手をあげ、ベリルのときは、まっすぐの白っぽい金髪を耳の下あたりで切りそろえた青年のほうが目礼した。どちらも整った顔立ちで、マルガルはスポーツマンといったさわやかさがあり、ベリルは細身で、モデルのような美貌だった。

「彼らと狩に出かけた先で、おまえが落ちてきたのに遭遇して、川から引き上げるのも彼らが手伝ってくれたのだ」

佐賀は慌てた。

「えっ……ああ、それはどうもありがとう。その節はお世話になりました」

頭を下げると、マルガルがひらひらと手を振る。

「いいんだよ。サガっていうんだな。いい名前だ」

ベリルは首をかしげた。

「もう体はいいの？」

「うん、おかげさまで」

「《さすらい人》だってな。よく似合ってるよ、その服」

「いやー、なんだか気恥ずかしいばっかりだけども」

それでも、ほめられれば悪い気はしない。気詰まりだったのがほぐれる気持ちで、佐賀は案内された席についた。

サフィルがそっけない調子で言った。

「食事にしよう」

それを合図に、控えていたメイドさんたちが給仕にとりかかる。

テーブルに並ぶのは、パンに見えるもの、パイに見えるもの、卵料理とおぼしきもの、スープ、白っぽい肉、赤身の肉、温野菜と冷野菜、色とりどりの果物、さまざまだった。朝から豪勢だ。これまでは病人食としておかゆのごときものしか食べていなかったのでわからなかったが、こちらではこれが普通なのだろうか。

気難し屋のサフィルの友人だという割に、マルガルもベリルも気さくで、親切にしてくれた。大皿に盛り付けられた料理から、給仕がこちらの求めに応じて取り分けてくれるのだが、何が何やらわからない佐賀に、あれこれと世話を焼いてくれる。

「これはモロ鳥の冷製、柔らかくてうまいよ。こっちはムロ鳥の卵の卵焼き。肉入りと、入ってないのと」

「このパイもおいしいよ。ククルーの肉が入ってて…、ククルーって知ってる？　四足の獣だけど」

「このソースをつけるんだ。そら、とってやるよ」

人なつこいのか、異世界の人間が珍しいのかもしれない。それにずいぶんと助けられて、佐賀はよく食べた。どれもおいしいと感じられるものだった。基本的に、それほど「得体の知れない」感じのする食材はない。鳥肉に類するもの、獣肉に類するもの、乳製品、穀類、野菜の類《たぐい》、果物の類。風味や大きさに違いはあるが、おおむねなじみのあるものに近い。

佐賀は偏食家ではないが、芋虫やサルの脳みそなどには、さすがにちょっと手を出しにくい。もちろん、それを食材として利用してきた文化は尊重する。イカ、タコ、ウニを食う民族がそれを言うか、という反論も甘んじて受けよう。

つまりは慣れの問題なのだ。芋虫がごちそうだという文化の中で育てば、佐賀だとて、芋虫を見ただけで目を輝かせたに違いない。

が、現に芋虫は佐賀の中で食材ではなく、こちらの食文化は、佐賀のこれまでのそれと合致するものだったのは幸いだ。

佐賀は白っぽい肉を口に入れた。

「これ、おいしいね。ハーブかな、香りがきいてて」

「クルークの香草焼きだ。たくさん食べろよ」

「健康な体は食べることから！　こっちもどうぞ、これはクルルクのクリーム煮」

問題は、その食材のことごとくの名前が憶えにくいということなのだが――モロ鳥、ムロ鳥、ククルーにクルーク、クルルクだと――そんなものは、ささいなことだ！


食事中、雑談の中でマルガルに訊ねられた。

「サガは、《さすらい人》なんだろう？　もといた世界ってどんなふうなんだ？」

そういえば、さっきもそんな言葉が出てきた気がする。世界を放浪する人、というのとはちょっとニュアンスが違うようだ。

マルガルは答えた。

「《異世界》からやって来た人間のことさ。《異世界》っていうのは、具体的にどことはっきりしてるわけじゃなくて、この世界とは地続きじゃないらしいってことしかわからない、天にあるのか地中にあるのか、はたまた水底にあるのか、まったく知られていない、どこかってこと。《さすらい人》は、そこから来るんだ」

　ベリルもパンをちぎりながら言葉を添えた。

「ぼくたちはよく知らないけど、このあたりじゃたまにあるみたいだ。サフィルがそう言ってた。ね、サフィル？」

　話を向けられた屋敷の若君はうなずいた。

「ごくたまに先祖の日記に出てくるくらいだが」

「そうなのかあ」

「で、サガの世界はどんなところだった？」

「どんなって言われても……逆に、ここはどんなところなんだい？」

　それが一番訊きたいことだった。

「見たとおりのところだよ。ここペルセはサトゥール家の荘園で、小麦と大麦と葡萄《ぶどう》の産地だ」

「まあ田舎だね」

　佐賀は質問した。

「荘園を持ってるってことは、お金持ちってこと？　身分が高いってこと？」

　マルガルが答えた。

「身分が高いってことになるかな。土地を持てるのは貴族階級の家だけだ」

「てことは、サフィルの家は貴族ってことだね？」

「じつはおれたちも一応そうなんだけどな」

マルガルはおどけた。

「え…じゃあきみも？」

佐賀がベリルを見ると、彼も肩をすくめた。

「まあね」

「そうなのかあ……」

佐賀は呆然と呟いた。貴族などという、目にしたことのない身分の人々には、現実感がなさすぎて、今ひとつ実感がない。

「おれたちはサフィルに招かれてこの屋敷に滞在中の客って身分だ。おまえと一緒だよ、サガ」

「いやー、僕はただのおっさんだけどね」

佐賀は頭をかいた。

「オッサン？」

マルガルがきょとんとする。

「ああ、実はきみたちが見てるこの姿は僕の本当の姿じゃなくて……何て説明したらいいんだろう、つまり僕は、若く見えるかもしれないけど、実は、齢《よわい》五十のおじさんなんだ」

その答えは、二人を驚かせるのに十分だったらしい。

「五十だって？　本当に？」

「ぼくたちとそう変わらないように見えるのに？」

「五十じゃ、おれの親父《おやじ》と同じくらいだ」

「うっ……」

佐賀は胸を押さえた。自分がこの若者たちの父親と同じくらいの年齢というのは、やはりちょっと心臓に来る。自分は子供どころか、奥さんも持てなかったのだ。

「ふしぎなこともあるものだねえ」

ベリルはおっとりと笑った。

「まったくだよ」

佐賀は力なく笑った。

「むこうの世界ではどんな身分だったの？　何をしてた？」

「僕は…ごくふつうのサラリーマンだよ。中小企業の課長さん」

「サラリーマン……」

「会社員…あー……労働者？　ホワイトカラーではあるけども。給料をもらって仕事をするってこと」

「奴隷ってこと？」

ベリルが首をかしげつつ口にした単語に、佐賀はぎょっとした。

「え、いやいや、そこまでは……。ああ、でも、社蓄って呼ばれるような会社員もいるかなあ……」

しかしあからさまに「奴隷」と呼ばれたことに衝撃を受ける。

ベリルがとりなすように笑いかけた。

「ああ、こちらこそごめんね。もしかしたら、サガの思う『奴隷』と、ぼくらの言うそれにひらきがあるのかも」

サフィルが補足した。

「奴隷というのは、雇われてひとつの作業に専従する者のことだ。給仕、料理人、洗濯人、家庭教師、音楽家、その他もろもろ」

「へええ……」

だとしたら、サラリーマンを含む大抵の賃金労働者にあてはまりそうだ。

しかし「奴隷」か。うーむ、と考えこんでしまう。貴族の子弟の彼らとは、身分違いということだろう。

「あんまり気にするなよ、サガ」

マルガルがさわやかに笑った。

「おまえはサトゥール家の客だ。客としてふんぞりかえっていればいいさ。そうだろ、サフィル？」

「……まあな」

サフィルはむすっと答えた。

佐賀は愛想笑いをうかべた。

「お世話になりますー……」

そうして佐賀は、彼らとの会話の中で、いろいろな情報を仕入れた。この世界には電気はないこと、自然からさまざまな恩恵を受けていること、たとえば夜間の照明には「夜光石」と呼ばれる鉱物を使うこと。

おもしろいと思ったのは、遠くにいる人に連絡をつける方法だ。それには「駅」で飼っている「伝書鳩《ばと》」を使うのだという。「駅」は各地に設けられ、そこで複数の伝書鳩を飼育している。依頼人がどこそこの誰々に伝言があるといえば、その方面の「駅」に鳩を飛ばせる。そうすると受け取った「駅」で、そこからは伝達人が相手に伝言を持ってゆくのだそうだ。

もちろん、機密事項や金持ちは、信頼できる人に直接手紙を託すことのほうが多い。

そんなふうにして、二時間ばかりはあっと言う間にすぎてしまった。長い朝食だ。

「ずいぶん残っちゃった。もったいないね」

食卓に、まだ三分の一以上も残った料理の皿に、佐賀はそれが気になった。朝からごちそうが出るせいと言っていえなくもないのだが、親のしつけによって、出されたものを残すのは気がひける。ましてここは人さまの家だ。

マルガルがさらりと言った。

「ああ、気にしなくていいよ。残りは奴隷が食べるから」

何気なく出てくるその単語に、やはりどきりとする。

「……ああ、『使用人』ね」

佐賀はそう変換することにした。こちらならば、「奴隷」よりまだ抵抗が少ない。

ベリルが笑った。

「なんだ、残しちゃいけないと思って、一生懸命食べてたんだ？　サガの世界では、残りを使用人が食べるってことはなかったの？」

「そもそも、使用人を雇ううちを知らないから何とも言えないけど、僕の家では、出されたものをきれいに残さず食べるのは、それをつくってくれた人や、そもそも食材になってくれたものへの礼儀だってことになってたよ」

「へえ。逆にぼくらは、全部食べたらいけないって教えられてたよ。使用人に食べさせるのも上の者の務めだって」

「ああ…貴族の人ってそういうものなのか……」

日本でもそういうことはあったのだろうか、佐賀の知らない、華族だの貴族だのの家では？

「僕はつくづく庶民派だってことがよくわかるよ」

はあ、とためいきをつくと、二人はほがらかに笑った。

「そのうち慣れるさ。池にたらしたインクは、すぐに水に混じる」

「それ、ここのことわざ？」

「そうだよ」

朱にまじわれば赤くなる、というやつだろうか。

「インクとしては、透明になれるようがんばります」

「よろしくな、サガ」

どうせもとの世界に帰るまでの間だ、と、佐賀は気楽に考えていた。

サフィルが相変わらず不機嫌そうなのが、ちょっと気になったけれども。

◇　◇　◇

「――だから、……サフィル？　聞いてるか？」

くりかえし呼びかけるマルガルの声に、サフィルはようやく我に返った。良後、自分の部屋にこもって本を読んでいたつもりだったが、ただぼんやりしていただけらしい。友人に話しかけられて、生返事をした気はするが、話の内容はまったく頭に残っていない。

「ああ、すまない」

「上の空だな」

「……すまない」

マルガルはためいきをつく。

「まだ、忘れられないのか」

「……」

サフィルは黙りこんだ。

そう簡単に忘れられる想《おも》い、そう簡単にあきらめられる想いではなかった。情熱のすべてをかけて想った相手だ。それを、何も告げられないまま、彼は遠く手の届かない国へ行ってしまった。そして自分は、羽を地に縫いとめられた鳥のように、この国を出ることはかなわない。

「気晴らししよう。そのために来たんだ」

マルガルは、悪い遊びに誘うように声をひそめる。

「西の酒場に、こぎれいな少年がいたろう。彼をここへ連れてきて、みんなで楽しまないか。なに、店の親父にはよけいにつかませてやればいい」

実際のところ、きれいだという酒場の少年にさして食指が動くわけではなかったが、求めることはただの気晴らしだ。サフィルは答えた。

「そうだな」

マルガルはにやりとした。

「決まりだな。使いを走らせるよ。一番いい酒を彼に届けさせるよう言いつける。それでいいだろ?」

サフィルはかるく顎を引いた。

「ああ」

それで本当に気が晴れるとは思えないけれど。


その日の午後、まだ日の高いうちに、少年はやって来た。

「ああ、こっちだ。こっちに持ってきてくれ」

マルガルが招き入れると、酒瓶を抱えた少年は、ぎこちなく笑って素直についてきた。

サフィルは彼を観察した。

なるほど、ちょっとかわいい貌をしている。歳は十五、六といったところか。想い人と同じ栗色の髪は、しかし何だかぱさついていて、似ているなどとも思えない。サフィルは途端に興が醒《さ》めた。これなら、あの異世界からの客のほうが似ている……。

マルガルとベリルは、もとより髪の質などに頓着《とんちゃく》しないようで、いそいそと少年に近付いた。

「ああ、酒はこっちにもらおう。それでな、いいか、これが酒の代金だ。それとは別に、これはおまえへの、そうだな、お駄賃だ。いいな？」

無造作に両のてのひらに落としこまれたひとつかみの銀貨に、少年は目をみはった。

「こんなに、たくさん…！」

「いいよ、とっておけ」

「あ…、ありがとうございます！」

ぺこぺことおじぎをした少年が、金を肩からさげた袋にしまいこむのを待って、ベリルがその肩を抱き寄せた。

「おまえ、名前は？」

「ディア…と、いいます」

「ディアか。かわいい名前だ。おまえ、かわいいね」

首筋をきゅっと撫《な》でると、ディアはびくんと体をすくませた。

ベリルはからかうように眉を上げる。

「おやおや、ちゃんと洗ってきてるんだな」

「あ、あの……」

「いい子だ」

ベリルはディアを寝椅子に連れていった。

「いい子だね、ディア」

ベリルは寝椅子に腰かけ、その前に少年を立たせ、その体を視線でなぞった。

「さあ、楽しいことをしようか」

それが、饗宴《きょうえん》の始まりを告げる合図だった。


昼下がりの居間は、日の光に似合わぬ淫靡《いんび》な空気に満ちていた。

「ん…、ん……っ」

くぐもった喘《あえ》ぎは、少年のものだ。肉付きの薄い裸体をさらし、二人を同時に相手している。うしろから挑みかかるマルガルは彼の腰をしっかりつかんで揺さぶり、ベリルは彼の口を己が欲望で満たしている。

マルガルは満足そうに笑った。

「なかなか、具合がいいぞ」

ベリルも少年の髪を撫でながら言った。

「こっちもだ。さすが酒場の子だけあるね。呑《の》むのはお手のものか」

「ん…む、んんっ……」

ベリルがゆっくり腰を引くと、ディアは口をすぼめてあふれるものをすすった。じゅぷ、とみだらな音が立った。

「口に出されるのと、顔にかけられるのと、どっちがいい？」

「え…、く、口に……っ」

「わかった。ほら、しゃぶって」

ベリルが突き出したものを、ディアはまた口いっぱいに含んだ。ベリルは少年の髪を愛撫《あいぶ》しつつ、耳たぶをつまんだ。

「ん……っ」

「おっ……」

少年が息をつめるのと同時に、マルガルも唸った。

「今、締まった」

てれ笑いのように言うのへ、ベリルもいたずらっぽい笑みをうかべた。

「気持ちいい？」

「ああ、いい……」

すると美貌の友人は、間接的にマルガルを悦《よろこ》ばせようというのか、また少年の躰《からだ》を愛撫した。やわやわと喉《のど》をくすぐり、胸のとがりをつまみあげ、押しつぶし、爪の先でひっかける。

「ん、んっ……」

少年は、あふれるものを飲みこもうとしてか、こくと喉を動かした。

「ああ……」

ベリルもなまめかしい吐息をもらす。

「そっちもよさそうだな」

マルガルが腰を使いながらにやりとした。

ベリルは艶然《えんぜん》とほほえんだ。

「終わったら交換する？」

「ああ、それもいいな。まずは、終わってからだけどな……っ」

マルガルの動きが激しくなり、ディアは大きく揺さぶられて、その律動はくわえている口にも伝わった。くぐもった喘ぎ声がいっそう高くなった。

サフィルはそれを、べつの寝椅子で杯《さかずき》を揺らしながら眺めていた。大して興味を引く見せ物ではないが、ただ沈黙と寂寥《せきりょう》に押しつぶされそうになる時間よりはましだ。

「サフィルは、どっちがいい？　上と、下と？」

二対の視線がこちらに向けられ、サフィルは無感動に答えた。

「私はどっちでもいい」

上も下も、してもしなくても、どちらでも。

「なんだよ……せっかく呼んだのに」

「おまえたちが楽しめばいいよ」

味のわからない酒を、半ば義務感で喉に流しこめば、酒精だけは変わりなくまわってくる。寝椅子に体を預け、ぼんやりと三人の絡み合うさまを見つめていた、そのときだ。

「サフィルー、……あれ、えっ……」

のほほんとした声で呼ばわりながら入ってきたのは、サガだった。

「えっ、ちょっと、いったい何して――」

みだらな場面に遭遇して目を白黒させる客に、サフィルは、けだるくて何をする気にもならなかったのが嘘《うそ》のように素早く立ち上がり、大股《おおまた》に歩み寄っていた。

「サガ、外へ」

「ふ、二人がかり⁉　ちょっときみたち、まさか無理強いなんてしてないよね⁉」

もしそうなら見すごしにできないとばかり眉を険しくするのに、マルガルが笑った。

「まさか！　人をならず者みたいに言わないでくれよ」

「なんだったら、サガも一緒に楽しむ？　サフィルは気が乗らないみたいでさ」

「じょじょじょじょ冗談……！」

「サガ、出よう。こっちだ」

サフィルは強引に彼の腕をとり、部屋から連れ出した。

サガは二人がかりでなぶられている――ように見えたのだろう――少年を気にしているようだったが、サフィルが手を放さないので、しかたなくついてきた。

中庭の、紅《あか》い花をつけたウィサリスの木陰で向き直ると、サガは難しい顔をしている。

「まず確かめたいんだけど」

「聞こう」

「あの二人は無理強いじゃないと言ったけど、信じていいんだね？」

サフィルはうなずいた。

「信じていい。彼は酒場の息子だ。客の求めに応じて、そういうこともしている。我々も対価は十分払ってある」

「対価――」

「三人分と勘定して、三十ダキットだ」

　しかし、この異世界からの客には貨幣価値がわからないかと思い、言い直した。

「三十日分のパンの値だ」

　つまりあの少年は、この数刻で、一ケ月分のパン代を稼いだことになるのだ。あの少年が酒場で客に身をまかせるのに、相場はせいぜい一ダキットというところだろう。それに比べれば、はるかに高い代金で買ったというものだ。

　それでも、その説明はサガを納得させはしないらしい。

「それが、いいことだと思うかい？　彼にとっても、きみらにとっても？」

「いいかどうかは知ったことではない。彼は三十ダキットで進んで服を脱いだ。私たちはその躰を愉しむだけだ。それも、いたって穏やかに、悦ばせさえしている。文句はないはずだ」

「それを規制する法律はないのかい？」

「娼婦《しょうふ》、男娼に傷を負わせたときに罰する法はあるが、売春行為そのものを罰する法はない。売るほうも、買うほうにもだ」

サガはむうと口を引き結んだ。

サフィルは重ねて言った。

「第一、こんなことは何も、私たちだけの悪さというわけではない。都では、執政府のおえらがたが、気に入りの娼婦の一人や二人、かわいがっているだろう。大きな娼館だっていくつもある」

「うーん……」

サガはこめかみを指先で押さえた。眉間《みけん》にしわが寄っているが、険しい顔つきに見えず、どちらかというと気弱そうな困り顔に見えるのは、眉尻《まゆじり》が下がるせいだろうか。実際、困惑しているのかもしれない。この青年は――本人はおじさんなのだと主張するが――異世界、つまり、こちらの常識とは異なるそれで動いている世界から来たのだ。

だからといって、そちらの常識を押しつけられても迷惑だ。

サガはようよう口をひらいた。

「……倫理観とか習慣とかもあるだろうし、合意だって言うから認めるけど、でも、いいことじゃないよ。発散させるなら、スポーツとか趣味とか、他にもいろいろあるだろう？　いい若い者が、ああいうことだけしてちゃだめだよ」

サフィルは次第にいらついてきた。

「知ったふうなことを言うな」

この世に、己が思い通りにならぬことなど、掃いて捨てるほどある。あの少年の行いが、やむにやまれぬ事情で強いられたものだとしたら、サガがこの世界にやって来たのも、自ら望んだことではあるまい。自分だとて、すべてが思いどおりになるわけではないというのに。

「これ以上よけいな口を出すなよ」

そう吐き捨ててきびすを返す。

「あ……サフィル！　例の調べものは――」

サガの呼びかけが追ってきたが、知らん顔で部屋に戻った。

とにかくむしゃくしゃした。

部屋では、寝椅子に横たわったベリルが少年の躰を下からゆさぶっていた。ベリルは言うまでもなく、少年の、わりあい整ったおもてにうかぶ色も、愉悦に見える。

あいている寝椅子でくつろいでいるマルガルが訊ねた。

「サフィル？　サガはどうした？」

サフィルは鼻を鳴らした。

「もう口出しはさせないさ。知ったことか」

「《さすらい人》だろ？　仲よくしなきゃだめだぞ」

「招いたわけではない」

「それでもだよ。まして彼を《サガ》と名づけたのはおまえなんだろう？」

サガ、それは詩であり、予言である。神々と英雄の事跡を語る言葉、人智《じんち》の及ばぬ事柄を告げる言葉だ。

サフィルは視線をそらせた。

「あれは…、彼自身が《異世界》から持ってきた名だ」

マルガルは興味を引かれたように眉を上げた。

「へえ！　それは正真正銘の《サガ》じゃないか。だったらなおさらだ」

「……………」

「そうでなくても、他者に対してやさしくするのは、上に立つ者の当然なすべきことだ。おまえだってわかっているくせに」

「そんなもの……！」

サフィルは手を握りしめた。

少年の、ひときわ高い声が聞こえた。ベリルの上でがくがくと全身をわななかせている。達したようだ。

マルガルが笑いながらそちらに近付いた。

「ああ、ずいぶん飛ばしたな。こんなとこまで」

少年が吐き出したものは、ベリルの胸のあたりまで汚していた。マルガルはそれをハンカチでぬぐった。

「とろけそうな顔をして」

とからかったのは、ベリルに対してだ。この美貌の友人は、むかしからあまり日焼けしない質《たち》で、白く透き通るような肌をしている。それが人形のような印象を与えるのだが、こんなときばかりは頬をほんのり上気させ、灰緑色の眼をうるませているのは、なまめかしいことこの上なかった。あいにく、サフィルの官能を揺り動かしはしないが。

ベリルはうっとりとほほえんだ。

「うん……よかったよ」

マルガルもにっこりした。

「そいつは何よりだ」

彼はディアに手をかして立たせてやった。

「自分でかきだせるか？　手伝ってやろうか？」

少年は顔を赤らめた。

「あの、自分で……」

「そうか？」

後始末の布を手渡し、サフィルを振り返る。

「で、おまえはどうする？」

サフィルはそっけなく答えた。

「私はいい」

悪友はあきれ顔になった。

「なんだよ、今までそんななんじゃなかったろ？　たたないのか？」

「ああ」

「なんだって？」

訝《いぶか》しげに眉をひそめたマルガルは、サフィルの下腹のあたりに視線をよこした。サフィルは小さく鼻を鳴らした。マルガルと、ベリルまで興味津々といった様子で凝視するそこは、みだらな遊戯を見物してさえ沈黙している。

マルガルは唸り、ディアを振り向いた。

「おまえ、彼のを口で元気にしてやれるか？」

「え……あの」

「できたらお駄賃をやるよ」

その一言は、酒場の息子に行動を起こさせるには十分だった。少年はおずおずと近付いてきて、新たな相手の足元にひざまずいた。

サフィルは鼻から息をもらし、好きにさせた。

おそるおそるといった手が、ナルダの裾をそろそろとまくる。そのまま下着のひもをゆるめ、うなだれているものを取り出すと、ちらりとサフィルを見上げ——その怯《おび》える小鹿《こじか》のような目はすぐに伏せられた——荒れたてのひらであやしつつ、そうっと口に含みこんだ。

熱くぬれた粘膜に包まれた、と感じた。やわらかい舌が、初めは控えめに、次第に大きくうごめいて快感を与えようとするが、サフィルのものは、その口内と同じ熱を持つことはなかった。

結果として、ディアはよく頑張った。が、サフィルの男があまりにうんともすんとも言わないので、ついにマルガルがあきらめた。

「おい坊や、もういいぞ。ご苦労さん」

「は……ふ」

ディアの口から抜き出されたものは、まただらりと下がった。

「大丈夫か？　顎が疲れたろう」

「い、え」

少年はかぶりを振ったが、まだろれつがまわらないようだ。

ベリルが、後始末の布を放《ほう》ってよこした。唾液《だえき》でどろどろのものを清めろということだろう。サフィルはそうした。

「困ったやつだな」

とマルガルは言った。

「おまえの気晴らしのためなのに、甲斐がないじゃないか」

だから腹立たしいというよりは、こちらを案じてくれているようだ。

「……すまない」

「いいんだよ」

服を整えたベリルが言った。

「さて、じゃあ軽食にしよう。坊やも食べておいき」

「あ、いえ、あの、おれは……」

「どうして。おなかすいたろう？」

「あの、でもおれ、帰って家の手伝いしないと」

ベリルは肩をすくめた。

「そうか、じゃあしかたない。お土産にして持たせてやるよ。持っておいき」

少年の表情が明るくなった。

「あ…ありがとうございます！」

そうして彼は、パンや焼き菓子、冷製肉のかたまりなどを包んだものを抱え、何度も頭を下げながら帰っていった。

「さ、じゃあ我々はお茶にしよう」

屋敷の主《あるじ》そっちのけで、メイドに軽食の仕度を言いつけるさまを見やって、マルガルが笑った。

「腹がへってるのはおまえだな、ベリル？」

美しい顔に似ず大食いの友人はすまして答えた。

「もちろん。マルガルだってぺこぺこだろう？」

「ああ、そうだな。おまえ一人くらいなら丸焼きにして頭からぺろりと食えそうだ」

冗談口をたたく間に、別室に軽食の仕度が整ったとメイドが知らせてきた。三人は席を移し、サフィルはふと気付いた。

「サガは？　どうした？」

メイドの一人が答えた。

「お出かけになって、またお戻りになっておられません」

「出かけた？　どこへ」

「村から配達に来た者と歩いておられるのをお見かけしましたが」

配達に来た者とは、酒場の少年だろう。サフィルは眉をひそめた。あの少年と何か話そうというのか、何を話そうというのか。どこまでもお節介なことだ。

「すぐ戻るだろう。私たちは先に食べていよう」

「そうだな」

焼き菓子が切り分けられ、熱いお茶がカップにそそがれた。他にも薄く切ったパンと、肉の冷製、果物などが並ぶ。

この国では、食事は朝と晩の二回というのが古来の習慣だった。午後の軽食は、日が沈むころにとる夕食までのつなぎとして、文字通りかるく、焼き菓子や果物でとるものだったが、近ごろは肉も出るようになった。その代わり夕食の時間は遅くなり、日没から二時間すぎ、三時間すぎというのもざらで、夜ごと宴《うたげ》をひらく貴族の家では、四時間をすぎてからやっと始まるということもあるらしい。

もちろんそれは貴族階級の話で、庶民にはまた違う事情があるだろう。

「このドライフルーツのケーキ、おいしいね。うちの料理人にレシピを教えてほしいくらいだ」

ベリルが、気に入ったらしいそれをもう一切れ取り、

「おまえはほんとによく食うな」

マルガルが感心してそれを眺めている。

サフィルは、二人のやりとりをよそに機械的に肉を口に入れながら、おいしいとはどういうことだ

ったか、思い出そうとしていた。

◇　◇　◇

一方、そのころ――。

佐賀はどうしても気になって、酒場の少年がロバに乗って帰ってゆくのを追い、声をかけた。

「きみ、ちょっといいかい？」

少年はぎょっとしたようだった。とっさに肩からかけた袋をふところに抱きしめたのは、そこに金――酒の代金と、彼自身の代金だ――が入っているのかもしれない。

佐賀は、警戒させないように笑いかけた。

「ああ、ごめんね、驚かせたかな。僕はサガ…というんだ。サトゥール家の関係者だよ」

自己紹介に「サガ」と下がり調子で発音するのは、少してれた。それは詩のことであり、予言のことてもあるという。美しい言葉で綴られる、人ならざる者の声だ——サフィルはそう言った。そんな単語で自分を言い表すのは、ちょっと面映ゆい。

「お屋敷の……」

それを聞いて、少年も安心したようだ。ほっと警戒がゆるんだ。

「途中まで送ってくよ」

「あ……ありがとうございます、わざわざ」

少年はロバからおりようとする。

「ああ、いいよ、乗っておいで。体はつらくない？」

「だ、大丈夫です。……座ってないほうが、らく、です」

「ああ、そう。……そう」

少年がかあっと赤くなったので、佐賀も気まずくなってしまった。

「きみは、ああいうこと……は、よくするの？」

「ああいうこと？」

「その、お金をもらって、男の人に……」

佐賀は口ごもった。

少年はそれで、何を言わんとしているのか察した。

「たまに…ですけど……」

佐賀は、うつむく少年のほっそりした首筋を見て、哀れになった。

「そうしないと、家計が苦しいのかい？　親御さんにぶたれたりする？」

少年は慌ててかぶりを振った。

「あ、ちがいます、そんなことはないです、ああ、そりゃ、お屋敷のかたたちみたいなぜいたくはできませんけど、毎日働けば家族が食っていけるくらいには、酒場に飲みにくるお客さんもいるし」

「そうなの？」

「はい。でも、お金はあるにこしたことないので……もし誰かが病気になったりしたとき、お医者さんに診てもらったり、薬を買ったりできるから」

「ああ、そうだね」

いたいけな少年の、けなげな言いようだ。佐賀は胸が痛くなった。サフィルのように、売り物を買うことの何がいけないのか、などとは居直れそうにない。

佐賀は、よほど気の毒そうな表情をしてしまったのだろうか、少年のほうが気を使って、声を励ました。

「あの、お屋敷の若さまたちには、十分いただきましたから。ほんとに、すぎるくらいいただきましたから、大丈夫です。食べ物もいただきましたし……焼き菓子とか、妹たちが喜びます。それに、若さまたちは、いつもうちから酒を買ってくださるので、それだけでもありがたいです」

「というのは？」

「お屋敷の旦那《だんな》さまは、いつももっと大きな造り酒屋のほうから仕入れなさるんです。ペルレのほうがいい酒ができるので、それはしかたないんですけど」

「ペ、ペル……レ？」

前に聞いたような、地名だっけ、ここは何と言ったっけ、ととっさに記憶を探る佐賀に、少年は、ひとつひとつ説明してくれた。

「ペルレは、隣の地域です。都にも献上される酒をつくってるんです。ペルシュとか、ペルノとかもですけど」

「ううん……？」

似たような名前を立て続けに挙げられて、佐賀はお手上げだった。

「ごめんね、もう一回、ゆっくり言ってくれる？」

「ああ、はい。ペルレは、ここペルセの隣の地域です。もう少し南にはペルシュがあって、東にペルノとペルカラがあります。……サガさまは、都のかたですか？」

「あー、……ああ、まあ、そんな感じ……？」

嘘をつくことのうしろめたさに、ついそんな曖昧《あいまい》な返事になる。

「頭に『ペル』のつくところは、むかしから美酒の産地です。土がよくて、いい葡萄ができるんです」

《宝珠》が葡萄と変換した果物は、たぶん、佐賀のよく知るブドウとは違う果実なのだろうが、ブドウからワインが造られるように、おそらくはそれから酒が醸されるのだろう。

「旦那さまは、ペルセとペルレ、あとペルノもかな…その荘園を持っていなさるんです。だから酒はペルレから仕入れなさるんです。でもここは、景色がいいので、若さまはよくこちらにおいでなさるんです」

「なるほどね。ありがとう、教えてくれて」

「いいえ、とんでもない」

しばらく、言葉が途切れた。二人して黙って歩いていると、あの、と少年が顔を上げた。

「あ、何だい？」

「あの……大丈夫、ですよ。若さまたちにちょっとよくしていただいたからって、つけあがったり、つきまとったり、しませんから。村の者はよくわかってますから」

今度は佐賀が慌てる番だった。

「ああいや、ちがうよ。もちろん、そんなことは心配してないよ、もちろん」

「そうですか？　でも、わざわざおれを追っかけてきなさったのって、そういうわけなのかな…って思って」

「ううん、全然べつのことだよ。ごめんね、かえって心配させちゃって」

「いいえ、気にしてくださって、ありがたいです。サガさまは、おやさしいですね」

「僕？　やさしくなんかないよ。きみにだって何もしてあげられない」

「いいえ」

彼はそれ以上言わなかったが、にこにこしていた。

それからぽつぽつと他愛《たわい》ないことを話していたが、そのうちに少年は足をとめた。道はここからゆるやかな下り坂になる。

「もうこのあたりでいいです。ありがとうございます」

「そうかい？　じゃあ、気をつけてね」

「はい。……あの、今度、店にも飲みにきてください。あの、おいやでなければ…ですけど」

「そうだね。今度寄らせてもらうよ」

佐賀は手を振って、頭を下げつつ帰ってゆく少年を見送った。

いろいろ考えさせられてしまった。

この世界にはこの世界の常識があり、それに基づく良識があり、慣習がある。よそものの、しかもいつまたもとの世界に戻ってゆくか知れない自分などが、口をはさめるものではない。

でも、あんな不健全な遊びにふけっていても、サフィルはちっとも楽しそうではなかった。整った顔はいつものようにめんどくさそうで、きれいな緑がかったブルーの瞳《ひとみ》は憂鬱《ゆううつ》そうにくもっていた。せめて友人たちくらい楽しそうだったならまだ救いもあったのだが——彼はどうやら、そんなことに救いを求めているわけではないらしい。

何があったのだろう。あの若く美しい青年の心をすさませる、どんなできごとがあったのか。

うーん、と唸って、佐賀はふいに気がついて足をとめた。

「あれ…、ここってどこ？」

のどかな田園風景、なだらかな丘陵がつらなり小麦畑が続く、歩けども歩けども変化のない景色の中、考え事をしながら歩いていて、どうやらすっかり道を見失っていた。

「ちょっと手間取ったかな……いや、でも、大丈夫。あっちの小屋に見覚えがあるしね。行きには右手に見えたんだから、帰りは左手に見て…、ほら、この道だ。大丈夫」

行ったり来たり、進んだり戻ったりしながら、なんとかもとの道に出ることができた。一時間ばかりも迷ってしまっただろうか、迷子になることなどついぞなかったものだから、冷や汗をかいた。

「方向音痴じゃなかったつもりなんだけどねえ……もしかして、このボディにくっついてた特性なのかな、方向音痴」

などと、他人のもののようなこの若い体のせいにしてみる。

屋敷が見えてきて、さすがにほっとした。

門をくぐると、慌しい気配がもれてきた。何かあったのかと訝りつつ、声をあげる。

「ただいまー」

ちょうど出てきていたのは、サガの身の回りのことをしてくれているメイドさんだった。

「まあ、サガさま！」

「サガ!?」

「無事だったか、サガ？」

サフィルや友人たちも出てきた。

「どうしたの？」

佐賀はのほほんと訊いてしまったが、険しい顔をしたサフィルに一喝された。

「うろちょろと勝手に出歩くな！」

「うわあ、ごめんなさい！」

条件反射で謝ってしまったが、あれっとも思う。叱られるようなことは、何もしていないはずだ。

巻き毛の友人が隣から言った。

「あんまり帰ってこないから心配してたんだ。また川に落ちでもしたんじゃないかって」

おかっぱの友人もうなずいた。

「探しにゆくところだったんだよ。無事でなにより」

佐賀は恐縮しつつ詫《わ》びた。

「ああ、それはご迷惑をおかけしました。ごめんよ、ちょっと道に迷ってた。川まではたどりつけなかったよ、大丈夫」

「人騒がせな」

サフィルは腹立たしげにそう言い捨てて、ぷいと行ってしまった。

「怒らせた…ね…？」

どうしよう、と彼の二人の友人を窺うと、彼らは笑ってかぶりを振った。

「すごく心配してたんだよ。てれ隠しに怒って見せてるだけだ」

「だったらいいんだけど……」

「それより、おなかすいてないかい？　午後の軽食をすっぽかしてるだろう？」

「そういえば……」

意識した途端に、腹がきゅうと鳴った。

二人は笑って、佐賀を小食堂に連れていった。

「どこらへんまで行ったんだ？　あの子と一緒だったって？」

「なんだ、サガもやっぱり混ざりたかったんだ。よろしくできた？」

おかっぱの彼からはからかうようにのぞきこまれて、佐賀は慌てて手を振る。

「え、いやいや違うよ、いかがわしいことはしてません！　あんまりおじさんをからかうもんじゃないよ」

あらためて佐賀のために軽食が運ばれてくると、サフィルがむっつりとした顔つきのままやって来た。そのままテーブルにつくので、思わず三人でその顔を見てしまった。

サフィルはじろりと見返した。

「なんだ」

「いや、何しにきたのかなと思って」

巻き毛の彼がふしぎそうに言った。

「ここは私の屋敷だろうが。お茶を飲みにきて何が悪い」

「おお、もちろん、悪くはないさ。ゆっくりどうぞ」

「……ふん」

言いたい放題といった感じだが、それだけ気のおけない仲なのだろう。美しきかな友情。佐賀はお茶――コーヒーでも紅茶でも緑茶でもない、ハーブティーのような味わいだ――をすすった。

「どうぞ、サガ。このドライフルーツの焼き菓子、すごくおいしかったよ」

おかっぱの彼が勧めてくれるのを礼を言って受け取りつつ、佐賀は訊きにくいことをようやく訊いた。

「ええと、ごめんね。きみたち、もう一回自己紹介してくれる？」

巻き毛とおかっぱは顔を見合わせ――ついで二人して噴き出した。

「おれがマルガル。マルガリス・トトゥス・フォルムスだ」

と巻き毛の彼が手を挙げた。

「ぼくはベリルこと、ベリリウス・アレグリウス・ベレロフォンテスだよ。憶《おぼ》えられた？」

とおかっぱの彼が笑い、佐賀は頭を抱えた。

「フルネームで言わないで、頼むから。おじさんを困らせるもんじゃないよ」

その様子があんまり滑稽《こっけい》だったたか、二人はまた声を立てて笑った。

「笑うけどね、きみたちだって外国語の名前はすんなりとは憶えられないだろう？　僕は佐賀太一郎だよ。ほら、言ってみて」

さあどうだ、と胸を張ると、二人は口をそろえて言った。

「さがたいちろう」

佐賀は衝撃を受けた。なんとこの若さまたちは、変な抑揚ながらおうむ返しにくりかえしてみせたのだ。

「ああもう、くやしいなあ！」

二人に笑われ、佐賀はむくれた。

むこうで一人、サフィルだけはむすっとしていた。


その夜、寝仕度をすませた佐賀は、手伝ってくれたメイドさんがおやすみの挨拶をして退《さ》がってゆくと、夜光石のランプを持って窓辺に寄った。街灯などないこの世界では、夜は夜のままの闇が支配する時間だ。見上げる空には、ひとつとして知る星座はなく、本当に《異世界》に来てしまったのだと実感する。

「ものすごい量の星だねえ……」

半ば呆然と独りごちるのは、頭上に広がる夜空が、無数の――それが誇張でなく、掛け値なしに事実なのだが――星をちりばめているためだ。それは言わば天然プラネタリウム、「金銀砂子」と童謡に歌われるとおり、巧みな職人が蒔絵《まきえ》を施したようだった。圧倒的な自然の景色だ。

不意に脳裏に流れた旋律は、佐賀のお気に入りのモーツァルトだった。荘厳で静かな調べ、ぽつりぽつりと涙が落ちるようなイントロ、『レクイエム』のうちの『ラクリモサ』は、こんな夜にふさわしい。

「脳内再生するしか聴くすべがないっていうのが残念だけどね」

佐賀は苦笑しつつも、心ゆくまで絶景と脳内コンサートを楽しむと、ベッドに入った。

むこうに帰ったら、真っ先に『レクイエム』を聴こう。カラヤンのすばらしい演奏のそれは、むかし買ったカセットテープ（古い！）だから、CDを買い直そう。ついでにジュスマイヤー版とバイヤー版を聴き比べてみるのもいい。または、この機会にヴェルディやフォーレのも聴いて、『三大レクイエム』をコンプリートしてみるとか。

とりとめもないことを考えながら、佐賀は眠りについた。

それがかなわぬこととは、夢にも思わずに。

◇　◇　◇

翌日のことだ。佐賀はサフィルから遠乗りに誘われた。

「遠乗りって……馬だろう？　僕、乗ったことないよ！」

「教えてやろう。健全な遊びならいいんだろう？」

どうやらサフィルは、佐賀の言ったことで考えを改めたのか、あるいは、根に持っているらしい。ちらりと見えた笑みは人が悪そうだったので、後者かもしれない。

しかし、自分で言ったことの責任は、自分でとらねば。乗馬などは牧場などの体験コースでもやったことはないが、ものは試しだ。佐賀は覚悟を決めた。

そうしてサフィルについてゆくと、厩《うまや》では、厩番によって信じられないような生き物が引き出されていた。

佐賀は歓声をあげた。

「すごいな！　ユニコーンじゃないか、これ！」

この世界で「馬」と呼ばれているらしいそれは、姿はサラブレッドよりいくらか小さめで、サラブレッドよりたくましい足を備えた、どちらかというと道産子《どさんこ》的なウマに似ていた。毛色は白っぽい葦《あし》毛《げ》で、個体差かと思ったら、奥につながれている二頭も同じなので、葦毛の一種類しかいないのかもしれない。たてがみも尾も絹糸のようで美しい。目はブルーだ。

ただ、おおむねウマと呼んで差し支えないだろうこの生き物が、むこうのウマとは決定的に異なる点がひとつ。額に五十センチばかりの長さの、象牙色《ぞうげ》の角が生えているのだ。イッカクの牙《きば》に似た、表面によじれたような筋の走る角だ。

「おとぎばなしみたいだねえ。こんなふうに生きてると思わなかったよ。撫でてみてもいいかな？」

「ああ。角の近くにはさわるなよ、突かれるぞ」

お許しが出たので、佐賀は思う存分撫でくりまわした。

「よしよし、いい子だね！」

馬は、おとなしい性質なのか、されるがままにしている。

「物語じゃ清らかな乙女にしかなつかないってなってるけど、そんなことはないんだね？　おっさんでも大丈夫？」

「乙女にしか御せなかったら、戦に連れていけないだろう」

サフィルがさらりと答えたのに、佐賀は絶句した。

「……ああ、戦争……あるんだ」

「最近はないがな。だが、忘れたわけではない」

「ふうん……」

佐賀は、自分の動きがとたんにぎこちなくなったのを感じた。この世界から得ていた牧歌的な印象とは裏腹に、彼らには彼らの正義があり、手段がある。決しておとぎばなしの世界ではないのだ。

「まあ……戦争はよくないよ」

「おまえの世界にはなかったのか？」

「あったよ。僕の国にだって、もう七十年も前のことだけど、あった。よその国ではいまだにしてたりする」

「ほう」

「みんなよくないってわかってるはずなのに、なくならないんだ。どうしてだろうね」

「……それは、したいやつがいるからじゃないのか」

そう答えたサフィルの顔は、からかうようであり、意地悪するようでもあった。

「したい？　何を？　……戦争を？」

「そうさ。武器を売ってもうけるやつ、敵を殺すのが楽しいやつ、いろいろいるんじゃないのか」

「それは、この国でもそういう理由で戦争をしたがるやつがいるってことかい？」

だとしたらゆゆしき問題ではないのか。正義のための戦争が最良の手段などとは言わないが、私利私欲のための戦争など、ましてあってはならない。

その思いをこめて見つめると、サフィルは気まずそうに視線をそらせた。

「……べつに、そういうわけでは」

「そうかい？」

佐賀は、む、と口を引き結ぶ。サフィルの様子からすると、この国の実情をわきまえているというよりは、ちょっと悪ぶってみただけなのかもしれない。

まだ若いのだ。かわいいものではないか。佐賀はサフィルの頭をぽんぽんと撫でた。

若者はむっとした。

「……何をする」

「いや、かわいいなあと思って」

「決闘の申し込みなら受けて立つぞ」

「いやいや、そんな野蛮なことはしないよ。それくらいならハグするさ」

冗談のつもりでぎゅうっと抱きしめたら、サフィルは慌ててその腕を振りほどこうとした。

「よせ、やめろ！」

「かわいいねえ、サフィル」

「放せ！　私がおまえに決闘を申し込むぞ！」

ひとしきりかまうと、サフィルは色白の頬を怒りか照れかに紅潮させて、その様子もまたかわいかった。

「さて、じゃあ乗り方を教えてくれるかな。この子の名前は？」

「……ヴェントだ」

「ヴェント。よろしく頼むね！」

佐賀は馬の首を撫でた。

その日の稽古が、とても初心者に対するものではなかったのは、どうやらサフィルに意趣返しをされたらしいと、あとになって佐賀が気付いたのは、腿やら背中やらに激しい筋肉痛が出た翌日のことだった。


「いたたたた……」

あくる日、朝食の席につこうとして顔をしかめた佐賀を、サフィルは余裕の面持ちで見やった。

マルガルが怪訝そうにした。

「どうかしたのか、サガ？」

「筋肉痛だよ。昨日の乗馬がたたったんだねえ」

腿のはりをだましだまし椅子に腰かける。

「乗れるようになったか？」

「まだまだ、全然だよ。速足がもう地獄」

ベリルが目をまるくした。

「昨日乗り始めたのに、もう速足？　ずいぶん頑張ったんだね」

「え――」

「ふつうは一日や二日は並足で慣らすものだよ」

ということは、サフィルはずいぶんなスパルタ式をとったのだ。思わずそちらを睨むと、当の本人はけろりとした顔をしている。

「さて、食事にしよう」

ていよくはぐらかされ、佐賀はしかたなくスプーンをとった。

それからも乗馬の稽古は続いた。

サフィルの教え方はまったく容赦というものがなかった。もとから運動不足の佐賀は、一日しごかれると筋肉痛で二、三日は動けず、それがおさまってからまた乗るというサイクルで、しかも遅々として上達しなかったが、どういうわけか、サフィルは面倒くさがったり、さじを投げたりはしなかった。

現に今日も、朝食がすむなり庭に出て——この屋敷の庭は、ちょっとした馬場として使えるほど広い——午後のお茶の時間まで乗っていたのだが、佐賀がいざ馬からおりるというときに、鐙《あぶみ》から足をはずして上体を左側に寄せたはいいものの、馬をまたいだままの右脚を引きつけることができずに鞍《くら》の上でじたばたしていたのへ、笑いながら手をかしてくれた。

「うあー、ありがとう……」

佐賀は汗だくの顔でふにゃりと笑った。

「相変わらず脚力が弱いな。鍛えろ」

「いやいや、これは一朝一夕で鍛えられるものじゃないと思うよ？」

「ならばなおのこと、もっと稽古を積まなくてはな」

「ちょ、ちょっと勘弁……」

馬を制御するために馬体を締め続けていた腿はがくがくで、立っていることさえ難儀だ。

思わず馬に寄りかかってしまい、ヴェントに、大丈夫か、と気遣われるように鼻面を寄せられた。

「大丈夫…、ありがとう、ヴェント。きみはやさしいね」

それはべつにサフィルへのあてこすりというわけではなかったのだが、サフィルにはそう聞こえたらしい。

「私がやさしくないみたいな言い方だな」

「だってやさし……いや、やさしくないなんて言ってないよ」

佐賀は慌てて口をつぐんだ。

サフィルは鼻を鳴らしたが、口元はおかしそうに笑っていた。

いいこともあった。

馬の稽古を始めてからというもの、むきだしの内腿が鞍にすれて痛かったのだが、佐賀につけられたメイドさん（彼女はアマラという名だ）が、佐賀のはいていたスラックスをもとにして、ズボンをつくってくれた。トランクスも添えてくれたのにはさすがに恥ずかしさで隠れたくなったが、そんなものはささいなことだ。

佐賀は嬉々《きき》としてトランクスの上にズボンをはき、その上にナルダと呼ばれるところのスカートを重ねた。ズボンはナルダと同じ白い布地でできていて、柔らかく、さらっとしている。伸縮性はないが、ゆったりと仕立ててあるので、膝の屈伸をしてもとても動きやすい。

「これはいいね！　どうもありがとう、助かるよ」

「きついところなどございませんか、直しますが」

「ううん、全然。最高の着心地だよ」

佐賀はくるくるまわってみた。これさえあれば、スカートが予期せぬ動きでひらりとひるがえっても、見えないし、守られているという安心感がある。正直に言えば、スカートのままで馬にまたがるのも抵抗があったのだ。サフィルやマルガルたちは実にスマートに、裾をよけいに煽《あお》られることなく騎乗するが、佐賀はいまだにじたばたしてしまうので。サフィルに「……見えるぞ」と渋い顔をされることもたびたびだ。

その格好で朝食の席に現れた佐賀に対する反応はさまざまだった。

「へえ！　おもしろいな、それ。新しいスタイルだ」

と屈託なく歓迎してくれたのがマルガルで、

「いいんじゃないかな」

とおっとりほほえんだ——本心かどうかはわからないが——のがベリルで、サフィルは驚いた顔をしたものの、ただちに脱げ、とは言わなかった。

これは黙認したのか、黙殺したのか。後者だったらちょっと悲しい。

ともあれ、佐賀の心がかるくなったのは確かだ。今朝も豪華に並べられた朝食を前に、元気にいただきますの挨拶をした。

◇　◇　◇

その日は、乗馬の稽古は休みだった。サフィルもやることがあるらしい、彼はここにバカンスだけの目的で来ているというわけではなく——半分はバカンスらしいが——この荘園の経営に関して、勉強することだか見直すことだかがあるのだそうだ。

その上に佐賀の調べものまで背負いこまされたのだから、キリキリするのもしかたなかった。

それを知ったときのやりとりを思い出す。

「サフィル、例の調べものだけどね」

「進めていると言っているだろう、くどいぞ」

ひっぱたくような返答に、佐賀は愛想笑いがひきつりそうになったのを覚えている。

「あ、うん、だから、僕のほうは後まわしでいいよって言おうとしたんだ。ごめんね、忙しいのに」

するとサフィルは気まずそうな顔つきになった。

「……こちらこそ、声を荒らげたりしてすまなかった」

佐賀はその様子を見て、根は素直な子らしいと思った。自分のことでいっぱいいっぱいで、いろいろ追いつかなくて、ついぶっきらぼうな応対をしてしまうのだ。

ともあれ、今日は体を休められる。命の洗濯とばかり、庭先に寝椅子を出してのんびりとひなたぼっこをしていた佐賀は、人の声高に話す声に首をめぐらせた。見れば、若者が二人、愉快そうに笑いながら外から帰ってくるところだった。巻き毛とおかっぱの彼らは、サフィルの友人だ。巻き毛がマルガル、おかっぱはベリル、よし、憶えた、と佐賀はひそかに胸を撫で下ろした。

むこうもこちらに気付いた。

「あれ…、サガ」

「昼寝か？　邪魔したかな」

彼らは屈託ない様子で寄ってくる。

佐賀は寝椅子の上で体を起こした。

「寝てたわけじゃないよ、大丈夫」

「それじゃ何してたんだ？　読書…は読めないよな？」

「ぼーっとしてたんだよ。今日は気持ちのいい天気だねえ」

二人は笑った。

「年寄りくさいな。退屈しないのか？」

「ところが、僕はこれで正真正銘の年寄りなんだな。ここひと月くらいがずいぶん活動的すぎたんだよ。この歳になるとのんびりするのが一番だ」

もっとも、若いころから活動的というわけではなかったので、年齢は関係ないのかもしれないが。

二人は、佐賀の「事情」を思い出したのか、心底ふしぎそうに言った。

「おかしなこともあるもんだよな。サガはおれたちと同じくらいの年格好に見えるのに」

「世界は驚異に満ちてるんだよ……」

佐賀はためいきをつく。

「ところで、きみたちはどこに行ってたんだい？」

マルガルがくるくるした前髪をかきあげた。額に汗が光っている。

「馬を借りて、そこらを駆けさせていたんだ、今日はとても天気がいいから」

ベリルもにっこりする。

「サガも誘えばよかったな。少しは乗れるようになったんだろ？」

佐賀は手を振った。

「いやいや、もう全然だめだよ。きみたちについていくなんてとんでもない」

いまだに鞍の上に尻を落ち着けるだけで一苦労だ。このすんなりした四肢は、もっと機能的に動くのかと思ったのに、それを「遣う」佐賀の運動能力が以前と変わらないようで、結局はさほど変わらないのだった。

「サフィルは一緒じゃなかったのかい？」

「ああ…、やっぱり気が乗らないみたいだ」

「気分転換に来たのにね。まあ無理もないけど」

快活な二人が、何となく歯切れの悪い言い方をするので、佐賀は首をかしげた。

「……何かあったの？」

二人は顔を見合わせ、ちょっと肩をすくめた。

「いろいろあって、気鬱の病になってるんだ」

「気鬱？」

佐賀は訊き返した。《宝珠》に入っているデータは、以前これを「育てた」人物の語彙を反映して、いささか古風な言い回しをするのだ。ときどきこうして、佐賀の時代にはなじみのない単語が出てくる。

まあ、「鬱」とか、「ノイローゼ」とか、そういう類の状態なのだろう。

そこまで連想が進んで、佐賀は驚いた。

「えっ……ちょっと、大丈夫なのかい？」

「まあ、本人も気分転換するつもりでここに来たんだろうとは思うんだが」

「いろいろあったからね……」

うんうん、とうなずき合っているのに、佐賀は好奇心を押さえきれなかった。

「……そのあたりの事情を聞いていいかい？」

二人はまた顔を見合わせた。

「まあ、隠すようなことでもないんだが」

「よくないことが重なったんだよ、間の悪いことに」

「それって……」

「身内の不幸と、父親との確執と、失恋と」

明かされたことに、佐賀は驚いた。そのうちのひとつだけでも、ふさぎこむには十分な材料だ。

マルガルが暗然とうなずいた。

「間が悪いってこういうことなんだろうな」

佐賀は、おそるおそる訊いてみた。

「身内の不幸って、誰を…？」

ベリルが答える。

「サフィルの兄さんだ。歳が離れてて、かわいがってくれてたんだ」

マルガルが付け加えた。

「親父どのよりもな。そのうえ、兄さんの代わりに跡を継がなきゃならなくなって、親父どのが厳しく教育しにかかってきて、鬱憤がたまったんだろう」

何しろあの親父どのだ、と二人してうなずいているのを見れば、相当にうるさがたの親父どのなのかもしれない。

「それで気鬱の病か……」

「そう。だからここに来たのは、療養というか、気分転換というか、そういう理由なんだ」

「気晴らしも立派な治療ってわけさ」

マルガルが片目をつぶったので、佐賀は眉を寄せた。

「だからって、いかがわしいことは推奨できないなあ」

予想だにせず目撃してしまった三人でのからみは、ちょっと――いやかなり、衝撃的だった。こちらの人たちはあっけらかんと流せるのかもしれないが、それとも、この不良少年たちだけか？

しかし、不良少年などと言ったものの、彼らはそもそもからして良家の子弟なのだろう、鷹揚《おうよう》さがあった。三人でからんでいたときも、無理強いしていたわけではないし、ちゃんと代金も払っている。育ちからくる屈託のなさというか、「金持ち喧嘩《けんか》せず」……とは少し違うが、トラブルを起こさない能力があるというか。だからといって、それが弱い立場の少年を二人がかりで抱くことの免罪符になるとは思えないが。

マルガルはうなずいた。

「そうだな。失恋したサフィルに対して配慮がなかったかもしれない。彼もまだそんな気分になれないのかもしれないし、もうしないよ」

　ベリルは肩をすくめた。

「発散できると思ったんだけどね。代償行為だって十分気持ちいいし」

「だめだめ、若いんだから、もっと健康的な方法で発散しなさい」

　マルガルがいたずらっぽく笑った。

「健康的に、乗馬？」

　佐賀は空を見上げた。

「あー……健康的に、ひなたぼっこ？」

　二人は声を立てて笑った。

「なんだ、結局そこに戻るのか」

「きみたちもしない？　一汗かいたあとなら、気持ちよく昼寝できるんじゃないかな」

　勧めると、二人は顔を見合わせ、苦笑した。

頬にやさしい風を受け、全身をあたたかな陽射《ひざ》しに包まれながら、うとうとと至福のときをすごしていた佐賀は、呼びかけの声にうっすらと目をあけた。

「サガ、マルガル、ベリル」

サフィルの声だ。起こしにきてくれたのか、今何時だろう、どのくらい眠ってしまったのか？

「うーん……おはよう、サフィル」

佐賀は両腕を伸ばし、大きなあくびをした。慎みのない、とサフィルが眉をひそめたが、気持ちいいものはやめられない。

「おう、どうした、サフィル」

隣の寝椅子から、マルガルも起き上がった。

「午後の軽食の時間だ。ここへ運ばせるか？」

「ああ、それもいいな」

マルガルは賛成したが、ベリルはまだくたんとしている。

「起きろって、おやつの時間だってさ」

マルガルが揺さぶった。

「んん……」

「起きないとキスするぞ」

「……起きるためにキスしてよ」

「はいはい、いつまでたっても子供だな、おまえは」

二人のやりとりとその後のキスを、佐賀は目をまるくして見つめてしまった。こういうのも、仲がいい、というのだろうか。

「なんだ、サガもしてほしいのか？」

とマルガルにのぞきこまれ、

「へっ!? いや、いやいやいや、僕はもう起きてるからね！　大丈夫！」

慌てて手をぶんぶんと振った。

すぐにテラスにテーブルとサフィルのぶんの寝椅子が運びだされ、軽食の仕度が整った。

「……で、おまえたちは何をしていたのだ。マルガルたちは、遠乗りに出たのではなかったのか？」

そうサフィルが訊ねてきたのは、焼き菓子やチーズを一通り食べたころだった。なんとなくそわそわした感じからすると、訊きたかったのを我慢していた、という風情だ。気にしていたと思われるのがしゃくにさわるのだろうか、かわいいものだ。佐賀はこっそりほほえんだ。

「いや、出たよ。あまり遠くには行かなかっただけだ」

マルガルが答えた。

「帰ってきたら、サガがひなたぼっこしてて、誘われたんだ。気持ちよく寝ちゃった」

ベリルがくすぐったそうに笑う。

「サフィルも来ればよかったのに」

そう勧められて、彼はふんと鼻を鳴らした。

「時間の空費だ」

「おや、言ってくれるねえ」

ベリルの、灰緑色の双眸《そうぼう》が、ちかりと冷ややかな光をまとった。

自分でも無礼な言いぐさだとわかっていたのか、サフィルは反省した。

「……すまなかった」

それでベリルも表情をやわらげた。

「サトゥール家の若君は、何がご不満なのやら。独りでいらいらしてたって、ぼくらにはわからないんだよ」

「………」

サフィルは黙りこんだ。

佐賀ははらはらした。なごやかなはずのお茶の時間が、とたんに重い沈黙で満たされた。かろやかな鳥のさえずりさえそらぞらしく聞こえる。

「あ……こっちのケーキもおいしい」

そう言ったのは、必ずしもその空気を追い払おうとしてのことではなかったのだが、気まずさのあまり口に入れた焼き菓子のおいしさに、ついこぼれていた。

ベリルが苦笑した。

「サガはそっちがいいの？　ぼくは断然こっちだな」

「うん、そのドライフルーツのもおいしかったけど、これもいいよ。なんだろう、ナッツ……木の実が入ってる」

白っぽい実で、カリカリした歯ごたえだ。カシューナッツとか、マカダミアナッツに似ている。

ベリルが教えてくれた。

「パムの実だよ」

マルガルも手を伸ばした。

「ベリル、おれにもまわしてくれ」

「あ、どうぞ。これね」

「ありがとう、サガ」

そんなぎこちない「なごやかさ」の中、サフィルは軽食を早々にとり終えると、仕事があると断って、引き上げようとした。

佐賀は心配した。

「もう？　サフィル、ちゃんと食べたかい？　もう少しゆっくりしてってても……」

「いや、もう十分だ。おまえたちはゆっくりするといい」

どこか気まずそうな顔つきでそう言い残していったところをみると、何か屈託を抱えているらしい。

「ちょっとごめんよ」

佐賀は二人にそう断って、サフィルのあとを追った。

「サフィル！　サフィール！」

足の速いことに、目当ての背中は、先の回廊をまがるところだった。佐賀は大声で呼びとめた。

その無遠慮な声に、振り向いたサフィルは顔をしかめた。

「なんだ、いきなり」

「ベリルたちから聞いたんだけど、お兄さんが、亡くなったんだってね」

なまじ整っているためにひんやりと硬質に見えるサフィルのおもてが、かすかに揺らいだ、と思った。

「……それで？」

「心からお悔やみ申し上げます。……歳が離れてたって言ったって、まだ若かったんだろうに」

「二十八だった。みなの自慢だった――特に父にとって」

「……きみにとっても、だろ？」

「……」

サフィルはふいと顔をそむけた。いつもの無愛想な表情に、哀《かな》しみの色が見える。

佐賀はそっと問いを重ねた。

「亡くなった理由を訊いてもいいかい？」

「事故だ。馬に乗っていて…、騎馬競技の模擬戦があったのだ、それで相手と接戦になって、落馬するとき、手綱がからんで、馬の角に胸を貫かれて」

佐賀は声を失った。そんな痛ましい事故だったとは。

「あっと言う間の出来事だった。母は泣いて泣いて、私に、もう馬に乗ってくれるなと言った。父は兄の死については何も言わず、ただ私に告げた。おまえが代わりに家を継がねばならん、と」

サフィルが手を握りしめたのが見えた。

「私は腹が立った。まだ葬儀がやっと終わったばかりで、喪服も脱がぬうちに――……！」

こみあげる激情のままに、語調が強く、鋭くなったが、しかしそれは唐突に、固く握りしめられた手がほどけるのと同時に、勢いを失った。そうして、

「おまえに話してもせんないことだ」

佐賀は、つっぱねられたと感じた。

確かに、自分に何ができるわけでもない。サフィルの父に意見することもできない。しょせん自分はただの客、いつかは元の世界に帰る、つかのまの同居人だ。

けれども、愛する兄を失い、父にその痛みを理解されずに苦しむサフィルのつらさに寄り添うことすらできないのかと、それが寂しく感じられた。

「用はそれだけか。行くぞ」

「ああ…うん。……あ、もうひとつ。失恋したっていうのは――」

言葉の途中で、睨みつけられた。

「よけいな詮索《せんさく》をするな」

鋭い眼だった。視線が針となって眉間に突き刺さるかと思った。

「……ごめん、そんなつもりじゃ」

佐賀の謝罪を最後まで聞かず、サフィルはいらだたしげな足取りで立ち去った。

その無駄に背筋の伸びたうしろ姿を見送りながら、佐賀は、痛々しいなあ、と思った。きっと誰のことも頼ることができず、友人たちに痛みを分けてしまうことに思いも及ばず、自分独り奥歯を嚙《か》み締めてこらえている。泣き言など許されないと固く信じこんでいて、けれども、それを許さないのはただ一人、他ならぬ彼自身なのだ。

「きみはまだ若いのに」

佐賀は独りごちた。

「若いうちに、いくらでも泣いていいのに」

そう声に出して、ああそうか、と気付く。

もしかしたら、彼が亡くした兄さんの前でだけ、サフィルは泣くことができたのかもしれない、と。

テラスに戻ると、二人はゆったりとお茶を飲んでいた。悄然《しょうぜん》と戻ってきた佐賀を、視線で迎える。

「サフィル、なんだって？」

「ああ…うん。いや、特には」

おまえに話してもしかたない、よけいな詮索をするな、とダブルで突っぱねられたとは言いにくい。

「そうか……」

やや肩を落としたマルガルに、ベリルも吐息する。

「ぼくらにも何も言わないんだよね。ここにはうるさ型の親父どのもいないんだから、せいぜい僕らに弱音を吐いたり愚痴を言ったり、はめをはずして鬱憤晴らししたり、すればいいのに」

「それがあいつの矜持《きょうじ》だろう」

「ふーん」

美しい青年は、ケーキをひとくち口に入れる。

マルガルが佐賀に向き直った。

「サガ、あいつの力になってやってくれないか」

「え、僕？」

急に振られて、佐賀は驚いた。

「無理無理無理、無理だよ。だって僕は昨日今日出てきたような人間だし！」

厳密には二週間ばかりは経《た》っているが。

「きみたちのほうが適任じゃないのかい？　つきあい長いんだろう？」

「まあ、かれこれ十二年…くらいにはなるか」

「そうだね」

「そのきみたちにさえ打ち明けないものを、よそ者の僕には話してくれないよ」

マルガルは食い下がる。

「でもサフィルは、おまえと馬の稽古をしてるときはずいぶん楽しそうだぞ」

「え、そう？　びしばししごかれてるよ？」

「それでも、それまではめしを食うのさえ面倒くさいというありさまだったんだ。言っちゃ悪いが、上達が早いとは言えない初心者につきあって何度も稽古をつけてやるなんて、考えられない」

「そ、そうなの……？」

だったらそれは、鬱憤晴らしにいたぶる相手がほしかったのではなかろうか…などとよくない考えが脳裏をよぎる。

「あ、彼自身、馬が好きなんじゃないかな。だから、僕に稽古つけるのがっていうわけじゃなく、馬と一緒にいるのが楽しいとか」

「ああ、それはあるかもな」

口に出すと、そんな気もしてきた。

「きっとそうだよ。お兄さんが、馬の事故で亡くなったんだよね。お母さんが悲しんで、もう馬に乗らないでって言ったらしいんだ。だから乗りたくても乗れなかったんじゃないかな」

「ああ……」

マルガルは深くうなずいた。

「そうか。おれはそこまで気がつかなかった。あいつ、ああ見えて気にする質なのかな」

「よくわかったね、サガ」

ベリルが感心したように言った。

佐賀はくりかえした。

「一応きみたちより年季がいってるんだよ」

マルガルが苦笑する。

「実は五十のおじさんってやつか？　だんだんそんな気がしてきた」

「いや、だから、ほんとなんだってば」

あまり信じてもらえないのは、よほど年齢相応の落ち着きとか貫禄とかに欠けて見えるのだろうか。この若い外見ではしかたないのかもしれないが、いや、それにしても何かこう、にじみ出るものとかはないのだろうか。

「おれたちが気付いてないだけで、あいつはいろいろ考えたりなんだりしてるのかもな。どれが原因って、そう単純な話じゃないのかもしれない」

マルガルはしみじみと言った。

「そうかもしれないねえ……」

ベリルも物憂げにカップをいじる。

佐賀は訊いてみた。

「彼が失恋した…っていうの、きみたちは誰相手だか知ってるかい？」

二人は顔を見合わせた。

佐賀は慌てて手を振った。

「あ、もちろん、言えないなら言わないでいいよ、もちろん」

「いや、かまわないが」

マルガルが答え、ベリルもうなずいた。

「ぼくらの共通の友人だよ。ルビスと呼ばれてた。栗色の髪の、やさしい顔立ちで――」

そこで言葉を切り、しげしげと佐賀を見つめてくる。

「きみにちょっと感じが似てる」

「ええ？」

マルガルもまじまじと見つめてきた。が、出てきた反応は正反対だ。

「そうか？　髪の色くらいしか似てないぞ。あいつはもっと線の細い貌だったろう」

「いや、似てるよ。もちろん、容貌ってだけじゃなくて、感じが」

「そうかあ？」

若くてハンサムな二人から検分するように見られて、佐賀は居心地悪いことこの上ない。平気で人をじろじろ見ていられるのは、彼らがいいところの若さまだからだろうか。佐賀などは、失礼だからという以前に、気恥ずかしさが先に立って目をそらしてしまうのに。

コンプレックスであるのは認める。むかしから目立たない、冴《さ》えない子だったのだ。

そんなことを考えていたら、ベリルの言葉に、我に返った。

「隣の国に養子に出てね。政略結婚というやつだけど」

「せ、せいりゃくけっこん？」

思わず声が裏返った。

ベリルはさらりと答える。

「珍しくないよ。国内でも、貴族同士の結婚は、ほとんどが政治的なつながりによって結ばれるものだ」

「そ、そうなんだ。……え、じゃあきみたちもいつか……？」

マルガルが肩をすくめる。

「おれたちは気楽な次男坊さ。可能性がないとは言えないけどな」

「跡取りに恵まれなかった家の養子に入るとかね。ぼくは三男だからさらに可能性は低いと思うけど」

「そうなのか……」

しかし、それでわかったこともある。

「サフィルは、お兄さんが亡くなったことで跡を継がなきゃならないし、彼女は彼女でお嫁にいっちゃったしで、恋が成就しなかったんだね」

「……サガ、ちょっとちがう」

マルガルが、なんとも言えない顔つきになった。

「ちがう？」

「第一に、『彼女』じゃない。ルビスは男だ」

佐賀は目をむいた。

「男!?　サフィルは男の子に恋したのかい？」

「珍しくないよ」

　またもベリルがさらりと答えた。

「もともと女が少ないんだ。だから貴族階級の娘は政略結婚で囲いこんじゃうわけだし」

「あー……そう、なんだ……」

　佐賀は呆然とした。あまりに世界が違いすぎて、理解が追いつかない。

　それと同時に、納得もした。彼らが背徳感なく酒場の少年を抱いていたのは、この世界では、男同士の恋愛がべつに奇異なものではなかったせいか。

　ベリルは続ける。

「そうではあっても、成就しない恋だったろうとは思うよ」

「え、それはどうして？」

「この国ではね、サガ」

　彼は、口元に魅力的な笑みをうかべ、美しい灰緑色の双眸でこちらをまっすぐ見つめながら説明した。

「貴族は恋をしてはいけないんだ。恋は理性を失わせ、人を狂わせる。上に立つ者は常に理性的でなくてはならないというのがこの国の不文律で、恋によって結婚相手を選ぶなんてもってのほかだ。それは家の内を乱れさせ、ひいては国家経営を乱れさせるから。だから恋をするなら外で、娼婦か男娼と、理性的に、というのが、お決まりなんだよ。……貴族が貴族に恋してはいけないんだ」

最後の一文はひとつひとつ言い聞かせるようにし、そうして彼は、ちらと友人を見た。

マルガルはといえば、苦虫を噛み潰《つぶ》したような表情でひとつうなずいただけだ。彼なりに、サフィルの恋が実らなかったのをやむをえないことと思っているのか、痛ましく思っているのか、表情からだけでは窺えない。そう、自分にもそんな苦い恋の思い出があったのかも。

「じゃあ、サフィルは、その彼に……」

「打ち明けはしなかったよ。ルビスも最後まで気付かなかったと思う、彼、ちょっとにぶくてね。ぼくらはサフィルをよく見てたからわかったけど」

「そうなのか……」

「相手が悪かったんだ」

そうぽつんと言ったベリルは、ふと何を思ったのか、佐賀を見て妖《あや》しくほほえむ。

「サガは貴族とは認められないのかな…そうしたら、ぼくが囲ってあげるよ。仲よくしよう？」

「かこ……っ。いやいや、おじさんをからかうもんじゃないよ、もう！」

佐賀はベリルの冗談を叱った。

「ふふふ、残念」

いたずらっぽく首をすくめるベリルに、マルガルがためいきをついた。

佐賀も吐息した。かなわなかったサフィルの恋、打ち明けるわけにもいかなかったのだろう恋が、身につまされた。彼みたいに魅力的な青年さえ、思い通りにならぬ想いがあるのだ。

「いいところの若さまにも、いろいろ悩ましいことがあるんだねえ……」

ベリルが笑う。

「そうだよ。何も考えずに遊びほうけてると思った？」

「いやいやいや」

佐賀は笑いながら答えた。実はちょっと思っていた、ということは、伏せておいたほうが賢明だろう。


その日の夕食の席では、サフィルはすっかりいつもの通りで——いつもと変わらぬ仏頂面だったわけだが——佐賀の前で憤りの表情を見せてしまったことなどなかったかのようにふるまった。

佐賀はその強がりを尊重しつつ、内心では痛々しい思いを禁じえなかった。

なので、ことあるごとにおせっかいを発揮し、

「悩みがあるなら聞くよ」

とか、

「話してみないかい？」

などとアプローチしてみたが、サフィルからは冷然と、

「よけいな世話だ」

あるいは、

「知ったふうなことを言うな」

などと返され、玉砕するのが常だった。

それでも彼は、佐賀に馬の稽古をつけるときはいくらか楽しそうだったし、生き生きとして見えた。

そのときだけ鬱憤を忘れられるというなら、いくらでもつきあおうと思った。

そうするうちに、どうにかこうにか、佐賀の乗馬もだいぶましになってきた。今日は屋敷から出て、マルガルたちも一緒に、村のはずれ、森のほうまで行ってみることにする。

広大な森だった。屋敷からも見えるくらいだったから近いのかと思ったが、歩いてゆうに一時間は離れている。近付くにつれ、遠近感を狂わせた原因が、その広がり方にあるのだとわかった。近隣で

最大の森だそうだ。

この森では、サフィルや彼の父親も狩をするらしい。鹿やウサギ、リスなどが棲《す》んでいるそうだ。まれには猪《いのしし》も。

もちろん、それらの動物の名は、《宝珠》が便宜上そう変換しているだけで、佐賀の見知った動物とは異なっているのかもしれないが、まあおおむね似た生き物だろう。

「あれ…、川が流れてるね」

佐賀は遠くに光を反射する帯を見た。

サフィルはうなずいた。

「ソレール川だ、森を通って流れている。たまに夕食に出る魚が釣れる。ごくまれには、サガという名の男も」

「ええっ？」

佐賀が驚いてサフィルを見ると、彼はかすかに笑っていた。

「……僕が落ちたのって、その川？」

「ああ」

「そうだったのかー……」

それは自分をもとの世界から切り離した川であり、この愛すべき世界に連れてきてくれた川でもある。佐賀にとっては少々複雑だ。

ぽくぽくと馬を進め、針葉樹の森に分け入ると、下生えに小道ができている。人の行き来があるのだろう。佐賀の知っている雑木林のように、木々が鬱蒼《うっそう》と茂っているという感じではない。どちらかというとまばらに生えているという様子で、陽の光も射しこんでくるし、見通しがきいて――。

「し、鹿!?」

佐賀は叫んでしまった。目が合った獣は驚いて身をひるがえし、飛ぶようにして逃げていってしまった。

サフィルがあきれた。

「おまえは狩には連れていけないな、サガ?」

「いや、だって、びっくりしたよ! あれって鹿だよね?」

鹿ほどの大きさで、四足の、赤茶色の毛並みの、それは一見すると「鹿」と思われる生き物だった。枝分かれした角が一対と、鼻先にも短いのが生えていたようだ。

「まだ若いな。二歳ってところか」

箙《えびら》を肩にかけ、短い弓を手にしたマルガルが、鹿の逃げていったほうを見透かして言った。佐賀の目的は散歩だが、彼は夕食を仕留めるつもりで来たのだ。

かたわらからベリルが教えてくれた。この美貌の若者も、凛々《りり》しくも弓を手にしている。

「あれがククルーだよ、サガ」

佐賀は驚いた。

「えー、あれが！　…てことは、『鹿』じゃないのかな？」

《宝珠》が「鹿」と翻訳したところの動物のことは、こちらの言葉では何と称したのだろうか。

たとえば、彼らが「A」と呼んだものが、《宝珠》を通じて佐賀には「鹿」と聞こえたとすると、「A」は「鹿」であり、「ククルー」は「鹿」ではないということになる。しかしながら、この《宝珠》は、佐賀と同じ立場の人、つまりこちらの言葉を解さない人が、「A」はおおむね「ア」、という見方で言葉をあてはめたはずだ。ということは、佐賀が指差して「鹿だ」と呼んだ動物に、誰からも「違う、あれは何々だ」という訂正が入らなかったことを考えると、やはり「鹿」で間違ってはいないはずだ。……ややこしいことになってきたが。

白馬非馬論などというロジックまで思い出されて、混乱することこの上ない。

佐賀が頭を悩ませているうちに、隣でベリルが、しっ、と低い声で制した。何事かと見れば、マルガルが静かに弓に矢を番《つが》えるところだった。視線は一点にそそがれ、集中している。

「獲物？」

ひそひそと訊ねると、ベリルはうなずいた。

「そう、静かに」

佐賀が目をこらしても、木漏れ日にまだらを描く木の幹なのか、それともぶち模様の生き物の背中なのか、判別できないが、慣れた彼らにはわかるのだろう。

近くで鳥が鳴いた、と思った。いやに近いと思ったら、それはベリルの口元から聞こえた。口笛で巧みに鳴きまねをしているのだ。呼応するように、そちこちから本物の声が返ってくる。獲物に警戒させないようにしているのだろう。

息を呑む緊張の中、マルガルは矢を放った。

ビィンと弦が鳴り、矢は木立を抜けて七、八十メートルも走った。

キュイイ、という鳴き声がした。と同時に、何か四足の獣が跳ねるのが見えた。

「はずした？」

「当たってはいる。遠いから弱かったんだな。追うぞ」

マルガルは嬉々としてして馬腹を蹴《け》り、ベリルとサフィルがそれに続いた。

佐賀だけが一人、取り残された。

「ええー……」

追うべきだとはわかっていても、自分の馬術では不可能だ。

どうする？　と確かめるように、ヴェントが首を振り向けた。

佐賀はその首を撫でた。

「うん、わかってるよ、僕には無理だ。のんびり行こう」

そうして、見えなくなってしまった三人を追って、ぽくぽくと馬を進めたのだった。


「わあ…こんなところがあるんだねえ」

佐賀が感嘆したのは、進んでいるうちに小さな池を見つけたからだ。そこにだけ陽が当たって、凪《な》いだ水面が鏡のように輝いていた。

「ちょっと待って、ヴェント。おりるから」

よっこいしょ、と、相変わらずスマートでないながらかろうじて鞍からおりると、足がふらついた。一時間ちょっと膝で馬体を締めていただけで、もうがくがくする。

大丈夫か、と気遣うように、ヴェントが寄り添って支えてくれた。

「ありがと、ヴェント」

本当に賢い馬だ。彼が特別なのか、それとも馬という生き物がすべからく賢いのかはわからないが。あとでサフィルたちに訊いてみよう。

それにしても、不甲斐《ふがい》ないのは自分の筋力だ。若返っただけでも、もう少し運動能力があると期待していたのだが。

「どんなに若くてスマートなボディになっても、筋力とか運動神経とかは、依然として僕のままっていうのが、神さまも意地悪だよねえ……」

池辺に近付き、澄んだ水に手をひたす。冷たくて気持ちがいい。

「飲めるのかな？　大丈夫そうかな？」

てのひらにすくって匂いをかぎ、ちょっと舐《な》めてみたが、苦くもしょっぱくもからくもない。異状はなさそうだ。ひとくち飲むと、渇いた喉に甘さがすっと通り抜けていった。

「きみも飲む？」

ヴェントを振り向くと、彼は首を立てて何かに注意しているようだった。

「ヴェント？」

彼の見据えるほうに目を向けるのと、獣の息遣いに気付くのが同時だった。がさりと下生えが揺れた。二十メートルほど先だ。ぐっと大きな影が伸びるのが見えた。黒褐色の、二メートルくらいもある大型の獣だ。金色の目が光り、深く裂けた口から鋭い牙がむきだされている。――熊《くま》、に見える。

「……！」

佐賀が身をすくませたとき、熊が飛びかかってきた。二十メートルの距離を、一瞬で詰められた。

だめだ、やられる――佐賀が目をつぶったとき、前にさっと立ちふさがる影があった。

ヴェントだ。たてがみをなびかせ、額の角を襲いくる敵にまっすぐ向けて退《ど》かない。

熊の咆哮《ほうこう》が鼓膜をたたいた。太い前肢《まえあし》を振り上げるのが見える。大きく曲がった頑丈そうな爪が生えそろっていて、あんな凶器で一撃されたら、何だって命はない。

「ヴェント、だめだ！　危ない！」

佐賀は叫んだが、勇敢な馬は、唸りをたてて振りおろされるそれを角ではじき、獣が猛《たけ》り狂ってつかみかからんとするのに、自らそのふところに飛びこんで、その角で胸を突き通した。

熊は断末魔の絶叫をあげた。やみくもに振り回した前肢が、ヴェントの首を横殴りに払った。

「ヴェント!!」

佐賀の足元にまで衝撃が伝わった。ヴェントは身をかわそうとしたが、自身の武器が相手の胸に突き立っているため遅れ、一撃をくらったかに見えた。

――が、次の瞬間、さっと離れたのは彼、どうと倒れたのは熊のほうだった。

「ヴェント、ヴェント！　大丈夫かい!?」

佐賀は急いで駆け寄った。息を荒くしている彼の首を撫でてやろうとして、声を失った。

額の角、銀に輝くあの美しい角が、根元からぽっきりと折られていた。

「ああ、ヴェント、角が……、ごめんよ、痛かったかい？　大丈夫？」

血は出ていないが、痛かったのではないだろうか。あの熊の毛皮と筋肉を貫けるくらい硬いものが折れるほどの力がかかったのだ、痛くないはずがない。

「サガ！」

「サガ、何かあったのか？」

遠くで呼ばわる声がした。サフィルたちだ。

佐賀も呼び返した。

「早く来て！　熊に襲われて、ヴェントが……！」

「熊⁉」

駆け寄ってくる蹄《ひづめ》の音がした。ざざっと下生えを踏み分けてくる。

「怪我は、サガ？」

「僕は大丈夫だよ。どこもなんともない」

真っ先に気にしてくれたサフィルに答えていると、

「これは立派な熊だ」

感心したのはマルガルだ。彼の馬の背には、一頭の鹿がくくりつけられている。首尾よく仕留めたのだろう。

「ヴェントがやったのか？　たいしたものだ」

「そんなことより、角が――」

サフィルは、馬からおりてヴェントに怪我がないかどうか確認すると、ごく変わりない口ぶりで言った。

「ああ、大丈夫だ。馬の角は折れることもある。新しいのが生えてくるから、心配いらない」

「そ…そうなの？」

「ああ」

そうして、立派な働きをしたヴェントの首を撫でてやる。

「勇敢なところを見せられたな。えらいぞ」

佐賀は大きくうなずいた。

「うん、ほんとに勇敢だったよ。僕は動けなかったのに、彼に助けられたんだ」

「乗り手を守り抜くのが馬の誇りだものな。よくやった、ヴェント」

サフィルが愛情深い様子で語りかけるのに、ヴェントは、当然だ、と言わんばかりに鼻を鳴らした。まだ興奮しているように見える。

「じゃあ、夕飯も調達できたことだし、帰るか。この熊は、あとで誰かよこそう。いい敷き皮にできるぞ」

マルガルは上機嫌だ。目印にと、熊の足に皮ひもを結びつけている。

「鹿はマルガルが仕留めたのかい？」

ベリルが答えた。

「うん。ぼくも狙《ねら》ったんだけど、中《あた》ったのは彼の矢のほうだった」

「へえ、すごいね！」

「一矢で仕留められなかったんだから、あんまり自慢できたことじゃないけどな」

弓に巧みらしいマルガルは謙遜《けんそん》したが、佐賀は素直に感嘆した。貴族の坊ちゃんとはいえ、生活力がありそうだ。この国ではそれがたしなみなのかもしれないが。

「では帰ろう」

サフィルが馬にまたがり、佐賀もヴェントにまたがった。

「ごめんね、もうちょっと乗せてっておくれね」

ヴェントはちらりと振り向いた、その顔つきは、大丈夫、あるいは、まかせておけ、と佐賀には見えたのだったが——ことはそう簡単には解決しないことを佐賀が知るのは、その数日後のことだった。

◇　◇　◇

その日、佐賀はサフィルが難しい顔つきをしているのに気付いた。

「……どうかした？」

訊ねてみると、いや、と何でもないふうをつくりながらも、眉が寄せられている。

「何かあったのかい？」

重ねて訊ねると、口元に手をやり、迷うようだ。

「ヴェントが……」

「ヴェント？」

「餌《えさ》を、食わないらしい」

「ええ？」

「ちょっと見てくる」

気がせくという様子できびすを返すのを、佐賀も追いかけた。

「あ、僕も行くよ」

厩では、厩番がひとつ離れた房で、角のない馬の世話をしていた。

「どうだ、ヴェントの様子は」

「若……昨日と変わらずです」

佐賀がのぞきこむと、ヴェントは足を折って伏せていた。馬は寝るときも立ったままだと聞いたことがあるが、ここの馬は違うのかと思っていると、サフィルは難しい顔つきになった。

「……乗り越えられるかどうかだな」

厩番も厳しい表情でうなずいた。

「勝負はここ三日というところです」

佐賀は二人の顔を見比べた。

「え…なに？　なんで？　角は、折れたら生え変わるって言ったよね？」

「馬によっては、角が折れたことにひどくショックを受けて、餌を食わなくなる。そのまま体力が落ちて死ぬこともままある」

「え……っ」

佐賀は絶句した。

「じゃあ、この子も――」

「今日明日中に食わなければ、あさって息をしているかは確証がないな」

「そんな！」

佐賀は愕然《がくぜん》とした。

「どうにかならないのかい？　好きなものとか、無理やりにでも食べさせるとか」

「馬は誇り高い生き物だ。その象徴とも言うべき角を折って、一番ショックを受けているのは彼自身だ。人がとやかくできるものではない」

「そんな……」

佐賀は心身ともに深く傷ついたヴェントのかたわらに膝をついた。

「ねえ、元気を出しておくれよ。僕はきみのおかげで助かったのに、代わりにきみがいなくなってしまったら悲しいよ」

首をさすってやると、ヴェントはわずかに頭をもたげ、ふるふると振った。何を思っているのか、蒼《あお》い目は寂しげで、見ているこちらもつらくなる。

「ヴェント……」

佐賀はその首をぎゅっと抱きしめた。

「サガ、戻ろう」

サフィルが言った。

「彼のために私たちができることは、何もない」

「そんな……」

その薄情な言いぐさに、佐賀は反発を覚えた。

「せめてついてるだけでもいいじゃないか」

「無駄だ。彼の誇りが傷ついたのを、おまえが癒《いや》せるとでも考えているのか？　思い上がるな」

そうとまで断言されてしまえば、佐賀としても反論できず——ヴェントの首をもう一度撫でてやって、後ろ髪を引かれる思いで、厩をあとにした。


夕食がすむと、佐賀は毛布を抱えて、厩に向かった。サフィルが何と言おうと、無駄だろうと、甲斐のないことだろうと、今夜はヴェントのそばについていようと思う。

見回りにきていた厩番は驚いたが、黙って新しい敷き藁《わら》を運んでくれた。これは佐賀のクッション代わりにしろということらしい。佐賀はありがたくそこに腰を落ち着けた。

そうして、生きることをあきらめてしまったかのような馬の首を、ずっとさすっていた。

「きみは、よそものの僕のこともちゃんと乗せてくれた、やさしい子なのにね。大丈夫だよ。びっくりしたのかもしれないけど、大丈夫。名誉の負傷だよ。角はまた生えてくるから……元通りになるから、気にすることないんだよ」

佐賀は、ヴェントのかたわらで一晩中励まし続けた。

「きみは勇敢だね……きみみたいに勇敢な子は、ちょっといないんじゃないかな。おかげで僕はこうしていられる。大丈夫、落ちこむことない、誇っていいんだよ」

満ちきるにはまだ少し間のある月が、天を駆け抜けて西の地平線に隠れるころ、睡魔が襲ってきて、ヴェントと身を寄せ合うようにして眠った。

朝は、日の出からほどなくして、頬にあたたかく弾力のあるものがすりつけられる感触で目が覚めた。

「うーん……」

ねぼけまなこをこじあけるようにしてあたりを見ると、目の前に馬のアップがあった。ヴェントが鼻面をすり寄せているのだ。

「おはよう……。食べる？」

無駄と知りつつ、好物だったら口にするかと思って握りしめていた果物を差し出してみると。

ヴェントは匂いをかぎ、口をあけた。頑丈な前歯が、がりりと果肉をかじりとっていった。

「食べた！」

佐賀は思わず叫んでしまった。

「大丈夫かい？　落ちこんでたの直った？」

佐賀はほっとするやら嬉《うれ》しいやらで、ヴェントの長い首を撫でまわした。

朝の日課にやって来た厩番に、そのテンションのままに報告すると、彼も驚き、次いで、すぐに飼い葉を運んできてくれた。

ヴェントはすっくと立ち上がった。その姿には生気がみなぎり、誇りと気高さに満ち、彼が、己れの存在意義を見失いかねないアクシデントを乗り越えたことが感じ取れた。

「よかった……よかったねえ、ヴェント！　きみはえらいよ！　さすがだ！」

起床にはまだ早い時刻だったが、誰か知らせたのか、サフィルもやって来た。

「おはよう、サフィル。早いね」

「ああ」

サフィルは生返事で、角の折れた馬の前に立った。飼い葉桶《はおけ》から餌を食べていたヴェントは顔を上げ、あるじのほうに鼻面を寄せた。

サフィルは彼に手を伸ばす。

「ヴェント……」

愛《いと》しげに彼を見つめるまなざし、愛しげに彼を撫でる手つき。

「よかった……おまえまでいってしまわなくて」

その長い鼻筋に愛しげなキス。

それらはまるで、恋人に捧《ささ》げるもののようで——佐賀は我知らずどぎまぎした。置いていかれていることはわかったが、二人（というか一人と一頭）の世界にずかずかと踏みこむこともためらわれる。

やがて、サフィルが佐賀を振り向いた。

「どうやったのだ？」

どう、とは、ヴェントが立ち直ったことについてだろうか。

「何もしてないよ。ずっと励ましてただけだ」

「ここで夜明かししたそうだな？」

「あ…うん、明け方寝ちゃったけどね」

「そうか。寝直すか？　まだ眠いだろう」

「いや、けっこうぱっちり覚めたよ。大丈夫」

なんだか、サフィルの言葉や声つきが、いつになく柔らかい気がする。それに、そう、朝日を受ける端整なおもての、まなざしの色も。

彼は、まぶしそうに視線をそらせた。

「朝食までまだ時間がある。私の部屋でお茶でも飲もう」

サフィルからの思いがけない誘いに、佐賀は正直、びっくりした。これはいったいどうしたことか、と疑問に思った。

態度が軟化した、そう、まさに軟化したのだ。硬質な、指で弾《はじ》けばキンと音を立てそうだったのが、その指をしっとり受けとめるかのようになった。かつて、握手のために差し出した手を振り払ったその手が、今は力強く握り返してくれる。

喜ばしい変化だ。なぜその変化が起きたのかはわからないが。

どんな心境の変化があったのだろう。ヴェントに関《かか》わることだろうか。サフィルの呟いた、「おまえまで」とは、どういう意味だ？

何にせよ、よい変化、よい兆しだった。この機会に、もう少し彼を知ることができるかもしれない。距離を縮めることができるかも。

「喜んでお邪魔するよ。ありがとう」

佐賀はにっこり笑ってそう言った。

◇

◇

◇

馬は誇り高い生き物だ。それぞれに個性があり、性格があり、そして彼ら自身の哲学を持っている。角は堅牢《けんろう》だが、折れることもある。折れれば、古い角の根を押し上げて、また新しいものが生えてくるのも事実だ。

だが、角を折ったことに耐えられない馬もいるのだ。誇りが傷つけられたと思うのか。あるいは、なにがしかの屈辱を覚えるのか。彼ら自身でも折れると思っていなかったものを、思いがけず損なわれたことで、ショックを受けるのか。

本当のところは、サフィルにはわからない。否、サフィルにだけではなく、誰にもわからないだろう。馬は、自らの苦悩を人に明かしたりはしない、言葉が通じないからという、そんな単純な理由でなく、通じたとしても、誰にも言わないだろう。そうして独りで抱えこみ、向き合う。

あの馬もそうだった——それを考えるとき、サフィルはいつも胸が痛む。そう、兄の、馬の角に突かれた胸と同様に。

兄の胸を突いて角を折ったのは、兄の愛馬だった。不幸な事故だった、兄が悪いわけでも、馬が悪いわけでもなく、ただ不運が重なっただけだ。

それでも、馬はあるじを死なせてしまったことを自らに責めたのか、飼い葉を食わなくなって、やがて死んだ。

おまえのせいではない、と、サフィルは何度も言った。でもだめだった。日に日に弱ってゆくのを、ただ手をこまねいて見ていることしかできなかった。それはとてもつらいことだったが、その孤高の姿は美しいとも思った。馬は、自ら守るもののために死ぬのだ。

だから、ヴェントもだめかもしれないと覚悟していた。

だが、彼はサガの言葉を聴いたのだ。あの《異世界》からの客は、一晩中彼を励ましていたのだという。ヴェントは、その声を聴き、言葉を聴いたのだ。彼の耳に、サガの言葉はどんな響きを持っていたものか。

《サガ》は、詩であり、予言である。人ならざる者の声、人智の及ばぬ事柄を告げる言葉だ。《異世界》からその名を持ってやって来た男が、もし――もし、ヴェントを苦悩の暗闇《くらやみ》から導いたのだとしたら。

自分のことも、導いてくれるだろうか。その手をとっても、いいのだろうか。

メイドの用意したお茶を前に、サフィルはなんとなく話の切り出し方に迷って、黙っていた。

サガも同様だ。お茶のカップに手を伸ばしながらも、ちらちらとこちらを窺っているのがわかる。

挙句が、

「サガ」

「あの」

互いに相手への呼びかけがぴったり重なってしまい、気まずさに拍車をかけた。

「あ…ううん、話があるなら聞くよって言おうとしてたんだ。だから、きみからどうぞ」

そう言われてしまっては、断る口実もない。サフィルは口元に手をやり、言葉を選んで、ようやく切り出した。

「……どうぞ。なんだ？」

「ヴェントのことは、本当に、ありがとう。彼は私の大切な馬なので、助けてくれてよかった」

サガは慌てた様子で手を振った。

「いやいや、僕が助けたなんて言うつもりはないよ。そもそも彼に助けられたのは僕のほうなんだし、僕がやったことといえば一晩つきそってたくらいで、べつに」

「励まし続けてくれたのだろう？」

「そりゃ、大丈夫だよ、とか、気にすることないよ、とかは言ったけど、それでほんとに励ませたかどうかは疑問だし」

「たぶんヴェントは、励まされたのだろう。だから立ち上がり、自分を取り戻し、餌を食うことにしたのだと思う」

「そうかなあ…だったらいいんだけど」

サガはてれくさそうに笑った。

サフィルもちょっと笑った。

胸の中にこりかたまっていた何かがとれた思いがした。とれたと思って初めて、それが今までいかに胸をつまらせ、息を苦しくさせ、心まで重くしていたかに気付いた。それはまさに重石だった。それがずっと言葉をふさいでいたのだ。

「……失恋した話を、マルガルたちから聞いたのだろう」

「あ……うん。……少しね」

サガは控えめに答えた。

「相手が男だというのも聞いたか？」

「う…うん」

「ヴェントは、彼から――ルビスからもらった馬だ。彼の乗馬がとても素直で賢くて、仔《こ》が生まれたらほしいと頼んでいたのを、おととしの春にもらった。彼は栗色の髪と蒼い瞳と、伸びやかな四肢を持っていた。ククルーのように敏捷《びんしょう》で、素直で、何よりやさしかった。……私は彼に、恋をしていた」

だが、その想いは秘めなければならないもの、打ち明けてはならないものだった。この国では、男同士の恋愛も容認されているが、貴族の場合、相手が自分より下位の者であればという条件がつく。

「兄を事故で失ったと言ったろう。……自慢の兄、大好きな兄だった。知識をもって仕える家に生まれながら武官になりたいと希望した私を、おまえにならできると励ましてくれた、やさしい人だった」

それだけでも悲嘆にくれるには十分だったのに、さらに打ちのめすことが起きた。父が、ただ跡を継がせるためだけに自分を見たのだ。今まで顧みなかった次男を。何をしようが、何を望もうが無関心だった次男を。

サフィルは手を握りしめた。

「父は…、兄が亡くなったとたん、それまで見向きもしなかった私を、ようやく見るようになった。まるで急に思い出したように、そこにいたことに初めて気がついたように、だ」

それまでは次男坊として、いても邪魔にならないがいなくても問題ないという見方しかされなかった。かまわれなかったひがみからではなく、本当にそうだった。宮中の儀式や作法を司《つかさど》る式典官の家に生まれながら、近衛《このえ》に入りたいと言ったときも、かまわんだろう、と短く応じられただけだ。

ほっとしたのと同時に、やはり父は自分のことなどどうでもよいのだ、と胸がささくれ立った。たとえば兄が同じことを言い出したら、おまえは家を継ぐのだと、頑強に反対したことだろう。

式典官というのは、世襲と定められているわけではないが、実際にはほとんど世襲の職だった。煩《はん》瑣《さ》を極める宮中の式典の、その式次第を管理し、監督する役だ。これまでの歴史の中で、「正式」が何か、「略式」が何か、いつの時代にどんな変更が加えられたか、すべて掌握している。そしてその長官ともなれば、それらの煩雑きわまりない式次第、作法、誰がどこに座り、どこからどこまで何歩で歩くか、ということのことごとくを記憶していなければならない。……らしい。

兄は跡取りとして、ほんの十かそこらのころから教えこまれていた。べつだんそれが苦痛だとは感じていなかったようで、憶えるのも早かったそうだ。

だが、サフィルは兄とは違った。机に向かって書き物をしたり、式典の際、居並ぶ文官武官にどこに行けあそこに移れなどと指図するより、外で撃剣の稽古をしたり、遠乗りをしたり、体を動かすことのほうが性に合っていた。だから近衛に入ることを望んだ。

住み分けはできていた。父に一顧だにされないのは寂しくもあったが、その代わりのように、兄がやさしかった。

その兄の存在が失われ、どうしようもなくなった。

逃げることはできなかった。立派に兄の代わりを果たせと言いつけられては、兄のために、逃げるわけにはいかなくなった。

「兄への思慕と、父に対する不満とでおかしくなりそうだった私を慰めてくれたのが、ルビスだ。逃げ出したくなったとき、彼に会うと、気持ちがほぐれた。私は彼に恋した……だが、その彼も、私の手の届かない場所へ行ってしまった。家を継がなくてはならない私には、追うこともできなかった」

そのとき、絶望という言葉の意味を思い知った気がした。それは、希望が絶たれ、わずかの慰めすらどこにも見出《みいだ》せない、そういうことだ。

そして父から詰めこみ式に手ほどきを受け、我慢し、こらえ、ある日ついに、変調をきたしたのだ。

そこまでぽつぽつと話して、サフィルは息をついた。弱音を吐いた、とそれを恥じる気持ちと、吐き出してすっきりした、という気持ちが相半ばした。

サガはどう思っただろうか、そんな甘ったれたこと、などと軽蔑《けいべつ》してはいないだろうか。それが不安でちらと窺うと、彼は痛ましそうに眉を寄せていた。

「大変だったねえ……」

その声音には、深いいたわりが感じられた。

サフィルは深く息を吐いた。

「父は、甘えだと」

「いやいや、それは甘えとかそういうことじゃないよ。それは大の男だってダメージ受けるよ。ましてきみはまだ若いのに」

「もう二十歳だ」

「僕らの世界じゃ、まだ大人の半歩手前だよ」

そりゃあ鬱にもなるわけだよ、とサガは呟いた。

「がんばりすぎなくていいんだよ」

と彼は言った。

「がんばることはもちろん大切だよ、でも、体や心がつらいときには、休んでいいんだ。自分に鞭《むち》打ってまで、がんばらなくていいよ」

サフィルは長く息を吐いた。

サガの声はやさしかった。

「よくがんばったね。お父《とう》さんに反発しながらも、お父さんの希望に沿うようがんばってたんだろう？　でも、ちょっと休もう。ゆっくり休息をとって、元気になってきたら、またがんばろう。それまではお休みだよ」

それから、と彼は椅子を立って、サフィルの前にまわった。

「これは元気が出るおまじないだ。えいっ」

ぎゅっと力強く抱きしめられた。サフィルは面食らった。

「サガ――」

これは、子供扱いされたのだろうか。性的なものでないことはわかるが、わりがわからない。

サガは説明した。

「ハグしあえる相手がいる人は、鬱になりにくく、なっても治りやすいっていう統計が、僕の世界にはあってね。大丈夫大丈夫」

そう言われても、ぽんぽんと背中をたたかれると、ぐずる子供をあやしているようにしか感じられない。

しかしサフィルは、侮辱されたと反発するより前に、その体温にほっと心が安らぐのを感じた。人が温かいことを思い出した、人の手が温かいことを、ようやく思い出した。

「サガ……」

「うん？　泣きそう？」

「泣くものか」

サフィルは強がったが、その実、少し泣きそうだった。

彼が自分を理解してくれた、と思った。泥沼の中、足をとられ、独りでもがいているのを、手を引いてそこから連れ出してくれた、と。

救われた思いがした。自分はずっと、よくがんばったね、と言われたかったのだ。兄もルビスもいない今、誰からも与えられないだろう言葉、父からは決して得られないだろう言葉だった。

サフィルは、サガのふところに顔をうずめ、日向《ひなた》の匂いのする服に額を押しつけながら、彼が背中をさすってくれるにつれて、腹の底に硬く重く沈んでいた石が小さくなってゆくのを感じていた。

安らいだ、満ち足りた思いがしていた。

◇　◇　◇

朝食の席で、佐賀は向かい側に座るサフィルを観察した。

おまじないのハグをしてから、三日が経っていた。まさかそれが本当に効いたのか、サフィルは元気を取り戻しているように見えた。

「ねえサフィル、きみはこのドライフルーツ入りのケーキと木の実入りケーキ、どっちが好き？　ぼくは断然前者だけど、サガは後者だって」

などとベリルが他愛ない問いを向けるのに、以前なら「どっちでもいい」とそっけなく答えそうなものだったが、今日はまじめに答えようというのか、そのふたつを見比べた。そして、

「私は新鮮なりんごのケーキがいい」

ベリルは口をとがらせた。

「旬《しゅん》の間しか食べられないじゃないか」

サフィルは小さく笑う。

「旬の時期に、またご招待申し上げるよ」

「その約束、忘れないでよね」

「ああ」

これは喜ばしい変化だ。どことなく彼の友人たちの表情も晴れやかな気がして、佐賀も上機嫌で、薄切りのパンにモロ鳥を蒸し焼きにしたものの薄切りをはさんでかぶりついた。

マルガルがそれを見て、訊いてきた。

「おもしろい食べ方だな」

「え」

佐賀は口に入れた分を咀嚼《そしゃく》し、飲みこんでから、訊ね返した。

「ここではしない？　むこうではポピュラーな食べ方だったけど。サンドイッチって言うんだ」

「へえ。どうやるんだ？　作法は？」

「作法なんてないよ。パンに好きな具をはさんで…、先にバターをぬったほうがいいかな、そう、そしたら肉でも野菜でも卵でも、何でもいいよ、それをはさんで、そうそう」

マルガルは佐賀のまねをして、一枚のパンに野菜とローストした肉を重ね、その上にもう一枚のパンを乗せた。

「そしたら、大口をあけてかぶりつく。がぶりっとね」

マルガルは、それも作法だと思ったのか、見事な大口でかぶりついた。

「ふうん。簡単でいいね」

ベリルが興味津々で見ている。

「うまい！　いろんなものを一緒に味わえるって、なんだか楽しいな」

マルガルは気に入ったようだ。

「カードが好きだった貴族が考案したそうだよ。遊びながら片手で食べられるのが重宝で、流行《はや》ったみたいだね」

「なるほどな。いちいちナイフで切り分けなくていいし」

「ぼくもやってみよう」

ベリルもパンを手にとった。

佐賀がサフィルを見ると、彼も具材を選んでいた。

マルガルは手当たり次第といったふうにあれこれはさみ、ベリルは、最高の味の組み合わせを思案している。

「サフィル、何にした？」

「肉入り卵焼きとチーズ」

「あ、それもおいしそう……」

「バターはぬらなくてもいいけど、ソースがパンにしみそうな具のときはぬっておいたほうがいいよ」

「そうなのか」

「一足遅かった……」

手をオレンジ色のソースでべたべたにしてしまったマルガルに、サフィルとベリルが笑った。

そんなふうにして、彼らは新しい食べ方にすっかり夢中になった。

若者たちというのは、総じて、目新しいものを取り入れるのにためらいがない。服にしてもそうで、マルガルは佐賀に倣ってナルダの下にズボンをはくようになった。おかげで、狩に行って、下草で足を切ったりしなくなったようだ。

ベリルもまねをしたが、サフィルはその「奇怪な習慣」に抵抗があるようで、彼だけはナルダの下は素足を通していた。これは、式典官の沽券《こけん》に関わると考えているのかもしれなかった。

「快適だぞ」

マルガルがしきりにそそのかす。

「しかし、な」

「いいじゃないか、ここでだけ着れば。親父どのの前でも着ていろとは言わないさ」

「そう、か。そうだな」

そしてめでたくサフィルもズボンデビューとあいなった。

「かっこいい人は何着ても似合うってほんとだよねえ」

と佐賀が見ほれると、いくらかてれくさそうにしながらも、

「サガも、我々の伝統的なスタイルも似合っていた」

とほめ返してくれた。

「ほんとかい？　ありがとう」

佐賀は素直に言った。それがたとえ社交辞令にすぎなくても、愛想もそっけもなかったころに比べれば、格段の変化だ。

彼の二人の友人からは、こっそりと礼も言われた。

「よく笑うようになった」

「ほんとはああいう顔で笑うやつなんだ」

「久しぶりに見たよ」

「サガのおかげだ」

「ありがとう」

ということを、右のベリル、左のマルガルから、手をとられそうな勢いでこもごも言われ、かえって面食らってしまう。

「いや、たいしたことはしてないから、あんまりそうありがたがられると、かえって困っちゃうな」

「何言ってるんだ。狩もすごろくも闘犬もだめ、女も少年もあいつの心を動かさない。おれたちが、

れだけ苦労したと思ってる？」

「うーん……」

佐賀は考えこんだ。こういった場合の問題解決に、彼らのとった方法は、いささか的外れだったようだ。一時的に気は晴れるかもしれないが、それは楽しい夢と同じで、覚めれば憂鬱がぶり返す。一時的に気がかるくなった分、再びの落ちこみはさらに深くなるかもしれない。

「そんな道具も手段も必要ないんだよ。落ちこんだ人には、ただ話を聞いて、抱きしめてあげるだけでいいんだ」

二人の若者は顔を見合わせた。

「本当に、そんなことで？」

「本当だよ。試してみるかい？」

さあ来い、と両腕をひろげてみたが、マルガルはしりごみした。

「いや、おれは……」

「おっさん相手じゃいやかい？　だったらきみたち二人でハグしあえば」

「それもな……」

彼は美貌の友人をちらと見、すぐに目をそらせた。

「………？」

そのそぶりに、ハグはそんなに難しいことだろうか、とふしぎに思っていると、ベリルが苦笑する。

「大の男が大の男に、抱擁したりされたりというのも、ここではしないことだ」

「え……そうなの？」

「サガの国ではした？」

「……よく考えたら、しなかったね」

サガは頭をかいた。友人や会社の同僚と、せいぜい肩を組むくらいだろうか。抱擁となると、酒が入って気が大きくなっているときにしただけのような気がする。

これは、サフィルがうんと年下だったせいだろうか。はからずも子供扱いしてしまったということなのだろうか。

悪いことしたのかな、彼のプライドを傷つけたかも、と青くなる佐賀をよそに、ベリルは微笑した。

「でもきみは《サガ》だ。だからぼくは、してもらうことにする」

彼は佐賀の肩に顎を乗せるようにして――ほっそり優雅に見えるが、彼のほうが五センチばかり背が高い――きゅっと抱きついてきた。

佐賀もその背に両腕をまわし、ぽんぽんとたたいた。

「……今度、機会があったら、ぼくの話も聞いてもらえるかな」

と彼はささやいた。

佐賀は請け負った。

「いいよ、もちろん！　おじさんに何でも話してごらん」

ベリルはふふと小さく笑った。

「今度ね」

そのときだ。背後から不審げな声がかけられたのは。

「おまえたち、何をしてる？」

サフィルだ。その声があまりにとがって響いたので、佐賀はぎょっとしてベリルから離れようとした。

が、美しい青年は腕の力をゆるめず、いたずらっぽくほほえむ。

「何って、抱擁だよ。きみもしてもらったんだろう？」

「それがどうした。サガは私の客だ。勝手にさわるな」

「あ、独り占めする気だ。心が狭いな」

「なんとでも言え」

ベリルはくすくす笑いながらも解放してくれた。

サフィルは佐賀を見た。

「サガ、ヴェントの様子を見にいこう。機嫌がよさそうなら散歩だ」

「あ、うん、わかった」

「おまえたちもついてくるならとめないが」

とサフィルは言い、彼の二人の友人は、苦笑しながら肩をすくめた。


夕食がすむと、マルガルとベリルは早々に寝室に引き上げていった。午後の乗馬で、ぽくぽくと散歩をする佐賀たちをしりめに、二人はクロスカントリー競馬に興じていたのだ。野越え丘越え、小川を渡り、いい汗をかいたようで、疲れたのだろう。佐賀からしてみれば、馬を駆っている最中はずっと鞍から尻を浮かせたままで、なおかつ膝を締めているなどというのは、神業に近い。あまつさえ、その姿勢を保ちつつ、アップダウンのあるコースを何周もするなど、信じられないくらいだ。

二人を見送ると、サフィルは佐賀を酒に誘った。

「いい夜だ。少しつきあってくれないか」

佐賀に否《いな》はなく、席を居間に移してワインを酌み交わす。これはもちろん、この村の酒場、例の少年の家から仕入れたものだ。隣の荘園——ペルなんだったか忘れたが——で産するものより劣るというが、佐賀には十分美味だった。味わいはワインに似ているが、色は、赤ワインよりも青味がかっている。いわゆるワイン・レッドではなく、どちらかといえば紫キャベツっぽい色あいだ。

「おいしいねえ」

口に含んで奥深い味を楽しみ、新鮮な果実のような豊かな香りで鼻をも楽しませながら、佐賀はうっとり呟いた。

サフィルもうべなった。

「父などは酒はペルレ産に限ると言ってはばからないが、私はペルセのが好きだ。小さな醸造倉で、大切に育てられているという感じがする」

「ああ、そういうのってあるよねえ」

人気パティスリーのお菓子と、母親が焼いてくれるホットケーキと。どちらもおいしいし、好みの問題と言ってしまえばそれまでなのだが、だからこそ、そういう違いは大事だ。

サフィルは、いいところの坊ちゃんだが、そんなところもあるのだ。なんだか嬉しい。

「マルガルたちもいればよかった。若くても疲れるもんなんだね」

「……サガは、若さがあれば体力も底なしだと思っていないか？」

「え、いや、もちろん、そんなわけないのはわかってるよ、もちろん」

ごまかすように笑いつつ、ワインを飲む。

「でも、マルガルはいかにもスポーツで鍛えていそうだけど、ベリルはあんなに細身に見えるのに、マルガルについていけるんだね。びっくりしたよ」

細身で華奢《きゃしゃ》で、肌も白く、ありていに言えばひ弱そうに見えるので、インドア派だろうと勝手に決めつけていた。実際には、弓の腕こそマルガルに負けるものの、馬術では勝るそうだ。

「体質なのだろう。驚くほど大食いだが、あまり肉がつかないようだ」

「うらやましいね！」

佐賀は唸った。夕飯をコンビニ弁当ですませるようになってから、あれよあれよという間におなかがたるんできた自分とは大違いだ。

「僕も何か運動をすればよかったのかな。でもむかしから、体育は十人並みかそれより下かってところだったんだよね。運動会の徒競走は、まあビリにはならないって程度で」

小学生のころ、駆けっこの早かった友達を思い出す。運動会の徒競走では、三着までに入ると、体操服の胸にそれぞれの着順に応じた色のリボンを結んでくれるのだが、彼はいつも一等の紫色のリボンをつけていた。佐賀はいつも四位か五位——ちなみに六人中だ——で、何の彩りもないのが常だった。クラス対抗リレーの選手になるなど夢のまた夢で、選ばれたクラスメイトは、たとえ補欠であってもヒーローだった。

そんなことをつらつらと話すと、サフィルが、いくらかおとがいをそらせるようにして言った。

「足の速さなら、四人の中で私が一番だった」

控えめながら得意そうな顔つきは、つまりは、自慢だ。まごうことなきドヤ顔。

佐賀はにっこりした。

「そうかあ！　すごいねえ、足の速い人、僕は尊敬するよ、うんうん」

肩をぱんぱんとたたくと、サフィルは、かえってばかにされたと感じたのか、ちょっと口をとがらせる。

かわいいものだ。佐賀は上機嫌で彼の杯にワインをつぎたしてやった。

「きみたちは、どういう友達なんだい？　学校の…とかではないんだよね？」

「学校……そんなものだな。マルガルとベリルが幼なじみで、私は彼らとは、講義を受けにいった古典学者の家で知り合った。……ルビスも」

その名を出すとき、サフィルは少し痛そうな表情になった。

まだ痛みが癒《い》えきらないのだろうと、佐賀は察した。失恋の痛手は、一日二日で治るようなものではないのだ。また、そんなに簡単に癒えるものなら、ここまでこじらせはしない。

慰めるようにその背中を撫でる。

「まあ、うまくいかないこともあるよね。きみみたいに恵まれてる人でも、人生のうちに、ひとつやふたつはさ」

サフィルはかるく睨んできた。

「知ったようなことを」

佐賀は苦笑して応じた。

「僕は知ってるんだよ。僕なんかは、うまくいかないことのほうが多かったからね……いや、そんなことを言ったらバチがあたるかな。うまくいかないことばっかりじゃなかったけど、やっぱり、うまくいかないことも多かったよ」

佐賀はひとつひとつ挙げていった。小さいころからひっこみ思案で、言いたいことの半分も言えなかったこと、そのせいで転校する友達にちゃんとお別れができなかったこと、第一志望校の受験日に交通事故に遭ったこと、告白できなかった恋は三度、そのうち二度は、親しい友達に先を越され、なりゆきで彼の恋のほうを応援するはめになってしまったこと、営業から総務への異動、――親に孫の顔も、それどころかお嫁さんの顔も見せてやれずに、二人とも失ったこと……。

「……特に恋なんてね、最初からうまくいくと思ったらいけないよ。自分の頭の中で組み立てたようにはいかないもんだ。なにせ相手のあることだからね。自分がどんなに好きでも、相手は違う人のほうが好きかもしれない。もしかしたら両想いでも周囲の事情が許さないかもしれない。でもそこでくさっちゃだめだ。失恋の痛手は大きくて、胸の痛みだってちっとやそっとのものじゃなくても、その相手を憎んじゃいけないよ。まがりなりにも好きだった人を、自分でおとしめちゃいけない。それはきみ自身の価値をこそ下げる行為だ」

「……」

サフィルは唇を引き結んだ。そのグリーンがかったブルーの美しい瞳が、ぬれていっそう光ったように見えたのは、気のせいだろうか。

沈黙が落ちた。風が梢《こずえ》を揺らし、どこかで犬の吠《ほ》えるのが聞こえる、猫でも見つけたのか。ギャギャ、というような鋭い声は、鳥だろうか。そういったものが、二人の耳に入るすべてだ。

どれほどそうしていたのか、サフィルが小さく呟いた。

「どうすれば、これをやりすごせるだろうか」

「そうだねえ……」

佐賀は答えた。

「手っ取り早いのは、新しい恋を見つけること、かな。まあ、そんなことしなくても、大抵のことは年月が解決してくれるよ。日にち薬っていう言葉があるけどね。最初は泣いてもいいよ、痛いときは大人だって、男だって泣くよ、ただ、恥ずかしければ独りのときにこっそりね。その人を思い出しちゃうのもしかたないよ、だってそれほど好きな人だったんだろ？」

「……」

サフィルは黙っている。うなずきを返しもしないのは、心の中で答えれば十分と思っているのかもしれない。

「ごはんを食べて、一日すごして、眠って、また起きて、ごはんを食べて、体を動かして、眠る。そうしてるうちに、いつしか痛みもとれるよ。僕がそうしてきたんだから、まちがいない」

「……サガも、そんな恋をしたことがあるのか」

「あるよ。かわいい人だったなあ」

学生時代に好きだった彼女には、例にもれず、告白することはできなかった。今では友人の妻だ。自宅に招かれて何度か遊びに行ったことがあるが、いい奥さん、いいお母さんになっていた。

「歳をとると、いいこともある。おおよそのことは、いい思い出になるんだ。そんなこともあったよ、と笑って、なつかしく思い出すことができる。――だから今は」

ぽんぽんと、うなだれて見えるサフィルの背をたたく。

「見ないであげるから、泣いてもいいよ」

「……泣くものか」

「そうかい？　きみ、お兄さんが亡くなったときから、泣いてないんだろう」

「………」

あてずっぽうだったが、答えないところを見れば、図星だったのかもしれない。

「じゃあ、またおまじないだ。えいっ」

ぎゅうと、彼の頭をふところに抱えこむと、サフィルは最初こそ驚いたようにもがいたものの、それからはおとなしくしていた。そろりと、手が背中にまわされる。それは最初ためらい、自らの心の弱さを恥じるようにひっこめられ、またおずおずとそわされた。

サフィルが小さく息をつくのが聞こえた。続けて、背中にまわされた腕に力がこもってゆくのを感じた。

佐賀は、こんな夜にはモーツァルトよりもショパンかな、などと考えつつ、年若い友人をただ抱きしめていた。

男同士の約束なので、サフィルが泣いていたかどうかは、見ていない。


結局、そのまま居間で二人して眠りこんでしまい、メイドさんが夜中に毛布をかけてくれたらしく、風邪こそひかなかったものの、佐賀は変な姿勢がたたって、朝から悲鳴をあげることになった。

「いたたたた！　……なんだこれ、背中がばきばきいってる」

サフィルが答えた。

「中途半端に寝椅子に寄りかかっていたせいだろう」

「きみはどこも痛くないの？」

「何ともないが」

「くそう、若者め……いてて」

だましだまし腰や肩を動かす佐賀の様子を見て、サフィルはふしぎそうな顔をした。

「サガはときどき、私などより年齢を重ねた人なのだなと思うことがある」

「だから言ってるじゃないか。僕は五十歳なんだよ」

「この若く美しい外見からは想像できないが……」

「うわ、恥ずかしいなあ！　おだてても何も出ないよー」

「本当だ。サガはかわいい」

「そうかい？　どうもありがとう……いたたた」

しかし、痛い思いをしても、それに見合う収穫はあった。

サフィルが、いっそう打ち解けてくれるようになった。痛手は痛手のまま、時間をかけて癒すことにしたのかもしれない。ときどき、静かな夜の寂しさに、佐賀を酒に誘って、ごくたまには、ハグを求めてくる。

大丈夫、と自分より背の高い青年の背中をぽんぽんとあやしてやりながら、佐賀はなんだか、母親にでもなったような気がした。

だがまあそれもいいか、とも思う。やさしい兄を失い、恋しい人を失い、厳格な父に締めつけられて、サフィルには甘える人が必要なのだ。

そうして、失った恋を惜しむように片想いの君との思い出を語るサフィルにつきあった。ずいぶんとその彼にくわしくなったと思う。名前も憶えた、ルビスだ。この国に十二人いる執政官（この国では名門中の名門という位置づけらしい）の一人の四男で、その家柄のため、隣国の、こちらも名門と呼ばれる家の娘の夫にと乞《こ》われたらしい。サフィルとは学者の家に講義を受けにいって知り合い、マルガルたちとともに、親しい友人となった。穏やかな質《しつ》で、きまじめでもあった。笑顔がやわらかくて、声がやさしくて、詩作を得意としていた。彼の朗読する詩は、いつでもサフィルをうっとりさせた……などなど。

——その夜も、そのときのことを思い出しているのか、サフィルはうっとりとしたまなざしで、ぽつぽつと彼の話をしていた。

「栗色の髪をしていて……そう、おまえみたいな」

彼はそう言って、佐賀の髪をいとおしげに撫でた。

佐賀はそのとき、空気の色が——あるいは匂いが——変わった、と、感じた。ほとんど本能的な、反射的なそれは、皮膚感覚に近いか、あるいはただの直感だったかもしれない。

「サガ……」

サフィルの整った顔が、間近に迫ってきていた。グリーンがかったブルーの眼が、まっすぐ佐賀を捉《とら》えている。それはせつなそうな揺らぎと、獲物を狙う猛獣の鋭さを秘めて、佐賀を放さない。

「え……あの」

とまどっているうちに、サフィルの手が佐賀の前髪をかきやり、額に唇を押し当てた。

佐賀はびっくりした。

「えええええ!?」

でこちゅーくらいは挨拶のうちだったろうか、いやいや成人男子同士ではハグさえしないお国柄だった、不必要な接触はもたないのが常識であって、ましてでこちゅーなんて！

佐賀は背中がざわざわするのを感じた。快感ではない、危機感だ。

「いやいや、サフィル、落ち着こう？　ね？」

肩をぽんぽんとたたいてみたが、若い衝動はそんなことではおさまらないらしい。佐賀の手をとり、てのひらにキスし、手の甲にもキスしてきた。

王子さまがお姫さまにするようなしぐさに、くらっとしかける。が、しかし、ここで流されてはならじ。佐賀はことさらに明るい声を出した。

「どうしたのかなあ、ちょっと酔ったかい？　水をもらおうか、ね、隣の部屋に誰かいるはずだから、呼んでこようか」

「必要ない。酔ってなぞいない」

サフィルは答えながら、唇を手先から手首、ひじまで伝わせる。そこの内側の薄い皮膚を、熱い唇に食《は》まれる感触に、とまどってしまう。

「サフィル…困ったなあ」

「私が嫌いか？」

「嫌いなはずないよ、きみはいい子だ」

「だったら――」

「いやいやいや、それとこれとはべつだよ」

ふー、と息をついて自分を落ち着かせる。

サフィルが何を血迷ったか知らないが、男同士ではないか。妖しい雰囲気になることが、まずありえない。

それは確かに、サフィルは若く美しく、佐賀から見てもほれぼれするような青年ではあるけれども。

しかし、業を煮やしたのか、話を続けるだけ無駄だと悟ったのか、サフィルは佐賀を抱き上げた。

「わあっ！」

佐賀は驚愕の叫びをあげたが、若者はすばらしい膂力《りょりょく》で、自分を抱いたまま隣の寝室へずんずん進む。

「ちょっと、ちょっと待って！　サフィル！　サフィール！」

「待たない」

「いやいやいや、そこは待ってくれないと困るよ。落ち着こう、ね！」

ばたばたと暴れているうちに、ベッドに放り出された。逃げようとすると、寝間着の裾を膝で踏みつけられ、端整な顔がずいと近寄ってきた。

「サガ……好きだ」

まっすぐ向けられる熱っぽいまなざし、心をふるわせるようなささやきに、予想外にどきりとしてしまってうろたえる。

いかん。これはゆゆしき事態だ。佐賀は慌てた。

「いやいや、ちょっと待って。きみ、失恋して傷心だったんだよね？」

「失った恋に見切りをつけて次の恋に走る私は無節操だろうか？」

「いやいや、そんなことないよ、そもそも新しい恋を見つけろって僕も言ったし」

「だったら、サガ――」

「いやいやいや、それとこれとは話がべつ」

ああ、どうしよう。若者の勢いって恐ろしい、でも問題はそれだけではなく、あろうことか佐賀自身がときめき始めていることだ。

いかん。これはいかん。

顎を指先でつままれ、サフィルの無駄にきらきらした貌が近付いてきて、いっそう慌てた。

「ちょっちょちょちょちょっと待って！　僕はちょっとばかりきれいな顔をしてても、男なんだよ！　君はそれでもいいって言うのかい!?」

「かまわない」

「えええええいやいや、僕は実はオッサンなんだよ！　若く見えるかもしれないが、中身はくたびれはてた中年男なんだ！　いくら何でも、そんな男が相手じゃいやだろう!?」

さあこれで萎《な》えるだろうと予想して出した切り札は、あっさりと一蹴された。

「おまえはやさしい。それがあれば、他のことは取るに足らぬ問題だ」

「えええええー！」

そのやりとりの間にもサフィルは迫ってきており、佐賀は押しとどめようと、その胸に両腕をつっぱった。

サフィルはその手をとり、またキスした。

「サガ――私を拒まないでくれ」

佐賀はどきりとした。なんてせつない瞳の色、なんてせつない声の響きだろう。傷ついて、その傷を癒すすべもないままに、せめてその痛みをまぎらすことしかできないのだ。

それは一時しのぎ、つかの間の慰めでしかないのに、そのわずかの間だけでも傷から目をそむけるために必要だと言うのだ。

「弱ったなあ……」

佐賀は、サフィルのきらきらした金色の頭をぽんぽんと撫でた。

今、彼が感じているだろう痛みには、佐賀も覚えがあった。好きな女性に告白する前に、友人の、同じ人への恋を応援することになったとき、そして彼女が友人の想いに応えたとき、胸を刺した痛みが、きっとそんなふうだった。

若い情熱は、どこかではけ口を見つけないと、爆発してしまいそうなのだろう。ガス抜き、とはよく言ったものだ。内圧を限界まで高めてしまうと、あとは破裂するだけだ。それはすさまじい勢いで外郭を吹き飛ばし、あとかたもなく粉砕する。

佐賀は、目の前の青年の頰にそっとふれた。サフィルは視線を伏せた。長いまつげが目元に影を落とす。

「しかたないねえ……」

あきらめが、苦笑になってこぼれた。

サフィルは顔を上げた。

真顔で見つめられると、てれる。佐賀はわずかにそんなことを思ったが、ゆっくり近付いてきた若者の鼻先に、首は右にかしげるべきかそれとも左かなどとよけいなことも考えているうち、おとがいを捕らえられ、くちづけされた。

しなやかな腕に抱きしめられ、もろともにベッドにころがって、顔中に——顔だけでなく、体中にも——くちづけを受けた。


佐賀は、いわゆるヘテロセクシュアルだ。つまりそれは、同性を恋愛対象としたことがないということで、同性を抱くことはもちろん、同性に抱かれることも、想像したことがない。

サフィルの愛撫は丁寧だった。

それでいて、情熱的だった。

男同士はおろか、女性との経験もおそまつな佐賀にとって、それは衝撃的なことだった。「やさしさ」と「激しさ」は同時に実現しうるものなのだと思い知らされたのだから。

何度もキスされたり舐められたり、吸われたり甘咬《あまが》みされたりするうちに、あらかたの理性はどこかにすっ飛んでしまっていた。気持ちいいのか悪いのかさえわからず、ただ息が苦しくて喘ぎ、ときどきは何か感じて——たぶん気持ちいいほうだ——声をあげた。

サフィルは何度も好きだとささやいた。

さすがにそれを頭から信じるほどうぶではないが、それでも悪い気はしなかった。たとえ彼が自分にルビスの影を重ねているにせよ（それ以外ではありえないが）このときだけは上手にだましてくれればいいと思う。佐賀を、それ以上に、彼自身の心を。

しかし、両脚をありえない角度に押し広げられ、いよいよあらぬところにサフィルの体の一部が分け入ってきて、慣らしてくれていたとはいえ危うく叫びだしそうになるほどの衝撃に、佐賀は歯を食いしばり、必死に耐え、サフィルが甘く愛をささやいていたのも半分以上は耳に入ってこずに、ついには、気を失ったらしい。

髪をやさしくかき撫でる感触に眠りから覚めると、サフィルがのぞきこんでいた。

「おはよう、サガ」

そうほほえんだ顔が、明け方の薄明かりの中でも輝かんばかりで、まぶしさのあまり、佐賀は朝から目がつぶれるかと思った。

「おはよう……」

ぱしぱしと目をしばたたく。

サフィルはなおも髪を撫でている。気持ちがよくてまた眠ってしまいそうだ。

「気分はどうだ？」

「うん……？」

布団の中で姿勢を変えようとして、佐賀はふいに手のさわった体が――自分のもサフィルのも――何も着ていないことに気付いた。

「え……あれ？」

慌てて起き上がろうとしたら、腰や股関節《こかんせつ》やあらぬところがにぶく痛んだ。

「いたたた……あれ、なんで――」

それで一気に思い出した。昨夜、このやたらと上機嫌にほほえんでいる王子さまのような顔立ちの青年と、何をしたのかを。

「サガ？」

「ああああいやいや大丈夫！　いたた、うん、大丈夫」

実は膝を閉じようとするのも難儀だったが、そこは気力でカバーだ。

顔が熱くなった。脳みそも沸騰しそうだった。酒の席のあやまちにしては恐ろしく度が外れていたが。

「と、とりあえず」

年長者の意地として、平静を装う。

「ひとまず部屋に戻るよ。……まだ起きる時刻には早いよね？」

何食わぬ顔で自室に戻ろうとベッドからおりると、膝が笑ってへにゃりと床にくずおれた。

「あいたたた……」

「サガ！」

サフィルが助け起こしてくれた。裸の肩に上着をかけてくれる。

「大丈夫か？」

そう気遣ってくれるのへ、佐賀は答えた。

「何度も言うようだけどね」

「うん」

「僕はおじさんなんだよ。体力もないし、体も硬いし、もうちょっと手加減してくれなきゃだめだ」

「手加減すればいいのか？」

「そういう問題じゃないよ！　まったくもうこの子は！」

ぺしんと頭をはたくと、サフィルはくすぐったそうに笑った。冗談だと思っているらしい、まったく困ったものだ。

佐賀は服を着てなんとか自力で部屋に戻り、もう一度寝間着に着替えて、ベッドにもぐりこんだ。日ごろからアマラには、着替えは自分でできると言って寝仕度の手伝いなどを断ってあるので、こうしていれば、昨夜一晩部屋に帰ってこなかったとは気付かれないだろう。

まさかこんなことでアリバイ工作をするはめになろうとは。佐賀はためいきをついた。

それから一時間ばかりすると、アマラが起こしにきた。いつの間にか眠っていたらしい、いっそすべて夢だったらいいのだが、腰などの痛みが残っていたので、残念ながら逃避はできないようだ。

着替えて小食堂に向かう足取りが、そろりそろりとぎこちないものになるのはしかたない。受け身のセックスが、こんなに負担が大きいとは思わなかった。

「おはよう、サガ。……どうかしたか？」

とマルガルが挨拶ついでに訊ねてきた。

佐賀は知らん顔をした。

「どうかって？」

「歩き方が変だ。寝違えでもしたか？」

「ああうん、ちょっとね」

そろそろと椅子に腰をおろす。

「おはよう、サガ。大丈夫？」

ベリルも首をかしげてのぞきこんでくる。

佐賀は笑顔を返した。

「おはよう。大丈夫だよ、ありがとう」

「おはよう、サガ」

テーブルの向かい側から、サフィルがにっこりと挨拶してくる。

「おはよう、サフィル」

佐賀はいつものように返しながらも、顔がひきつりそうだった。

涼しい顔をして、と恨めしくもなる。こっちはあちこち痛いのと、それによって昨夜のことを思いだしてしまうのとで、死にそうなのに。

しかしながら、長く鬱屈を抱えこんだ彼の、見たこともないほどまぶしい笑顔に、これで元気になってくれたのだったらまあいいか、と納得してしまったあたり、佐賀は、自分でもこの若者が好きになっているのだった。最初はとっつきにくいわ無愛想だわでどうしようかと思っていたが、笑えばこんなに魅力的だし、かわいい。

そう、かわいいのだ。容易になつかない犬か猫を、苦労の末にやっとなつかせたような、そんな気分になる。

ひとたびそう思ってしまえば、サフィルの背後にぱたぱたと勢いよく振られる尻尾《しっぽ》まで見えた気がして、佐賀はこっそり笑いつつ、食事にとりかかった。

◇　◇　◇

数日がすぎた。

「ねえ、そしたらこのコマのためにこっちを動かすのかい？」

「ちがうちがう、それはおいておいて、先に右だ。そう、そこ」

佐賀たちはボードゲームに興じていた。《宝珠》が「将棋」と変換した、将棋やチェスに類するものだ。コマの種類が多く、マス目の他にさまざまな図形の描かれたゲーム盤の、その図形によってもコマの動き方が変わるなど、ルールも違うが、敵陣に攻めこんでいって敵の王さまをとったほうが勝ちという意味では似たものだった。

今の対戦相手はベリルだ。佐賀は、サフィルのサポートを受けて、ちまちまとコマを動かしている。

「あ、わかった、ここだ」

「そう、よくできた」

佐賀はなんとか一勝しようと——なにせ不慣れなこともあって負け続きなのだ——盤面に夢中になっていた。

「追い詰めたり！」

佐賀はコマを動かし、嬉々として宣言した。「王手」ということだ。

「……ベリル？」

王手をかけられてもぼんやりしている友人を、はたで見物していたマルガルが訝った。

佐賀も盤面から視線を上げた。すると、こちらを見つめていたらしいベリルの美しい灰緑色の眼に出会った。つくりものめいた美貌は、表情をなくしていてさえ美しい。

しかし、この凝視の意味はなんだ？　まさか彼ほどの美青年が、自分などに見とれるはずはないが。

「……僕の顔、何かついてる？」

佐賀は頰を撫でた。

ベリルのおもてに表情が戻った。ちょっと目がみひらかれただけで、人形ではなく、血の通った人間だということがわかる。

「え？　……あ、ううん、何でもないよ」

「王手だぞ、ベリル」

「え？　あ、ほんとだ。じゃあ……」

ベリルは王のコマを逃がす。

佐賀はまたも追った。

「追い詰めたり！」

ベリルは目をみはった。戦局はあきらかだった。彼の王は、もう逃げ場がない。

「ああ……完敗だね」

「勝った！　やったあ！」

佐賀ははしゃいでしまった。ベリルの注意力散漫につけこんだとはいえ、ようやくもぎとった勝利だ。

ベリルは微笑し、ぱちぱちと手をたたいた。

「お見事でした。……ちょっとお茶をもらってくるよ。きみたちもどう？」

サフィルは怪訝そうに眉をひそめる。

「そんなの、メイドを呼べば――」

「いいよ、座り続けでお尻が痛くなった。ちょっと行ってくる。サガ、手伝ってくれる？」

「うん、もちろん」

佐賀は椅子から立ち上がった。

「じゃあ一局頼もうか、マルガル」

「ああ」

ゲームテーブルにはサフィルとマルガルがついたようだ。コマをそろえる音が続いた。

部屋を出て厨房《ちゅうぼう》へ向かう廊下で、先を歩いていたベリルがちらと振り向いた。

「サガ、訊きたいことがあるんだけど」

「うん、なんだい？」

佐賀は応じた。何となく話しかけたがっているような気配があったのだ。お茶をとりにゆくのは口実だろう。

しかし、その内容は想定外だった。

「はっきり訊くね。サフィルと寝た？」

「は？　え？」

佐賀は口をぽかんとあけた。本当にはっきり訊かれた。ど真ん中、直球勝負だ。

しかし、草野球でもそのど真ん中をうまく打ち返せたためしのない佐賀は、これにもあたふたとうろたえた。

「えええと、あのね、寝たってどういう……」

「わからない？　きみたちの言葉ではなんて言うのかな……」

それからベリルは何か雅《みやび》な言葉を並べて風流な言い回しをしたが、それは、変化球がすっぽ抜けてキャッチャーでさえ捕球できないくそボールになった。佐賀は困った。

彼は説明しなおした。

「つまり、性交渉を持ったかどうかということだよ」

それはわかりやすい説明だ。わかりやすすぎて赤面してしまう。

「ええええと、こっちの世界では友達のそういうことを話題にするのってふつうなのかな」

「時と相手と場所は選ぶ話題だけど、べつに特別はしたないとか下品だとかいうことはないよ」

「そうなんだ……」

「で、どうなの？」

「ううううう……」

佐賀は返答に困った。こういうことは、一方の口からだけ語られるべきものではないだろう。

「……サフィルはなんて？」

「彼にはまだ訊いてない、見ればわかるから」

「僕と寝たかどうかが!?」

思わずすっとんきょうな声を出してしまったが、ベリルは冷静だ。

「彼がきみをどう思ってるかが。サフィルって、本人は隠してるつもりなのかどうかわからないけど、すごくわかりやすいんだ。ルビスのときもそうだった」

「ああ、なるほど……」

佐賀は納得した。

「で、どうなの？」

重ねて訊ねられ、佐賀は腹をくくった。

だが、しかし。

「……察してくれるかな」

実際には、そう答えるのがやっとだった。

ああもう、なんてこった。いたたまれずに、てのひらに顔を伏せる。

ベリルが短く息を吐いた。

「わかった。ごめんね、答えにくいことを答えさせて。ありがとう」

あまりあっさりとわかられたので、本当にわかったのかな、と疑問になる。

ベリルはこともなげに答えた。

「寝てなかったら寝てないって言うだろうし、そう言えなかったってことは、ちがうんだろうなと思って。ちがった？」

「あってる……」

佐賀もためいきをついた。頭のいい子だ。

「まちがったこと、と思うかい？」

「いや。大人たちはああだこうだ言うだろうけど、人の心にくびきはかけられない。だろう？」

ベリルはほろ苦い笑みをうかべる。

「通じれば嬉しいけど、そうでなければ、せめて想いだけは想う人に届けと、ぼくだって思うよ。たとえ告げることができなくてもね」

佐賀はひらめくものがあった。

「ベリル、きみ……苦しい恋、してる？」

ベリルはちらと佐賀を見、蠱惑《こわく》的に微笑した。

「そうだよ。サフィルと同じ、相手は男で、同じ身分だ」

ということは、永遠の片恋、告げられない想いだ。

佐賀は痛ましくなった。

「きみはこんなにきれいで、魅力的なのに」

ベリルは声を立てて笑う。

「ぼくにも気があるの？　このままベッドに行く？」

「行きませんー。……つらくないかい？」

「つらいよ。だからルビスを失ってもきみを見つけたサフィルが妬《ねた》ましくってしょうがない。うまくやりやがったな、って」

口ではそう言うものの、ベリルの表情は明るかった。懸命にそうふるまっているだけ、ということがなきにしもあらずだが。

「前にも言ったと思うけど、サフィルを頼むね」

「……僕はよそものだよ」

「それでもだよ。彼はほんとは無邪気で屈託なく笑うやつだったのに、お兄さんが亡くなったりルビスが外国へ行ったりしてから、幽霊みたいになった。きみが来てからやっと笑うようになって、ほんとによかったと思うよ」

ベリルのしんみりした口ぶりは、心から友人の心身の健康を案じているように見える。

サガは、うーんと唸った。

「たぶんサフィルは、甘える相手がほしいんだよ。僕は彼に似てるっていうし」

そうだ、おまえのような栗色の髪、と呟いたときの、あのサフィルのせつなそうな瞳の色。彼には慰めが必要だったのだ。

「一時のことだ。どうせ僕はいつか帰るんだし……」

ベリルは目をみはった。

「帰れるの？」

「うん、いつかはわからないけど、たぶん。サフィルといられるのは、それまでの間だけだ」

「そう。……きみには悪いけど、それがなるべく先のことだったらいいと思うよ。それとも、あんまり間があいてしまうと、帰ったとき不都合かな？」

「うーん、どうかなあ。僕の国に浦島太郎っていうおとぎばなしがあってね。亀《かめ》を助けたお礼に、海の底の御殿に招待された男が、地上に戻ってきたら、時代が変わるくらいの年月が経ってたって話なんだけど」

竜宮城で楽しく暮らした三日は、地上の三百年に相当するものだった。佐賀がここから帰って、同じことにならないという保証はあるか？

ベリルも同じことを思ったらしい。

「帰ったら、知ってる人が誰もいなかったりして」

「うん、思ってても言わないでくれるかな……」

あまりになさけない顔をしたのか、ベリルはおかしそうに笑った。

「ね、サガ」

「うん、なんだい？」

「ハグしていい？」

ベリルが首をかしげるのに、佐賀はこころよく応じた。

「いいよ、ほら」

きゅっと抱きしめてきた背中を、やさしくたたいてやる。

「大丈夫、きっといい風が吹くよ」

「……ありがとう」

「本当だよ。望んでいれば、いつかそっちに動いていくから。大丈夫」

佐賀は励ますように言った。

苦しい恋をしている美しい若者に、いつかその腕が、本当に好きな人を抱きしめる日が来るから、と、それを望まずにはいられなかった。


サフィルはコマを進めた。うまくいけばあと五手でマルガルの王を追いつめられるが、敵もさるもの、巧みにかわす。

「……遅いな、ベリルたち」

友人の、何気ない様子のその言葉は、どこかとってつけたように響いた。

「ああ……そうだな」

サフィルは搦《から》め手のコマを移す。あと四手。

「ベリルはサガを気に入ったみたいだ」

「ふうん」

「そう思わないか？」

「そうか？」

サフィルはかろうじて無表情を保った。マルガルにうまく逃げられた。王手まで七手というところまで後退してしまった。

「ベリルはサガを好きなのかな」

サフィルは、盤面を睨んでいた顔を勢いよく上げた。はずみで、つまみかけていたコマを倒してしまう。

マルガルが笑った。

「ペナルティだぞ」

ゲーム中にコマを倒すのはマナー違反で、罰則が科せられている。そのコマが自分のものか相手のものかに関わらず、対戦相手の望む位置に移されてしまうのだ。

当然、マルガルはサフィルのそのコマを、自分に有利な場所に飛ばしてしまう。サフィルの攻撃線は、大きく後退させせられてしまった。

が、そんなことはさておき。

「ベリルがサガを好き…？　まさか、そんな、そんな」

サフィルは半ば唖然《あぜん》としていた。そんなことは考えてみたこともなかった。

「どうして、そんなことを？」

マルガルは肩をすくめた。

「しょっちゅういちゃいちゃしてる」

「いちゃいちゃ……。ベリルは誰に対してもそういう態度をとっていると思うが」

あの美貌の友人は、人見知りをしないのと新しもの好きなのとで、初対面の誰とでも仲よくなれる質だ。

そう言うと、マルガルはちらとサフィルを見、小さく首を振った。違うと言いたいのか。あるいは、おまえはあいつを見ていないと言いたいのか。

「確かに最初はそうだ。あいつは自分の生まれと、それ以上に容姿が、相手にどんな印象を与えるかをよくわかってる。にこにこ笑って近付いて挨拶して、相手の出方を見極めるんだ。そこで調子に乗ってなれなれしくふるまうやつには一線を引いて相手をするし、感じがいいと思ったらいっそう親しくする」

彼の表情は、次第に難しくなってきた。視線は盤面にそそがれていても、戦局に注意を払っているのではなさそうだ。サフィルの手もとまっていた。

「……それで？」

「接触が、多くないか？」

ベリルとサガの、だろう。

「接触？」

「手をとったり、肩をくっつけたり、馬に乗るときは、たいてい手をかしてやってる」

「ああ……」

なるほど、言われてみれば。

「サガのいた世界ではどうなのか知らないが、ここでは、そうたやすく、あんなふうに、人にふれるものじゃない。おまえ、ベリルにさわられたことはあるか？」

「私はないが、おまえはよくあるだろう」

「おれはあいつとは幼なじみで、ほとんど兄弟みたいなものだからな」

そのマルガルをして、ベリルのサガに対する態度は、腑《ふ》に落ちないのだろう。

けれど、サフィルには、ベリルがあの異世界からの客に抱く思いが、友情以上のものであるとは考えられなかった。彼はあまり喜怒哀楽を顔に出すほうではないが――いつも温雅な笑みをうかべているので、読み取りにくい、というのもある――それでも、サガに向ける笑顔には、兄弟に対するような明るさがある。

兄弟に対する、と、そこに思いいたって、サフィルは目の前の友人をまじまじ見つめた。

「……なんだ？」

マルガルが訝る。

「いや。……」

サフィルははたと気付いた。ベリルの見せる、兄弟に対する笑みという意味でなら、ほとんど兄弟のようなマルガルに向ける笑みこそ、ちがうのではないか。ベリルは、頼れる兄のようなマルガルのことを、真実、兄弟のようだなどと思っていないのではないか。

では何と問われれば、そこには影がある。陽の当たるところに出せないもの、深く自らの内に秘めるものだ。

サフィルは咳払《せきばら》いした。それは大胆な推測であり、憶測だった。本人に確かめることはできない、侮辱ととられることがある。たとえ当人の思惑は違っても、己れの誇りのために、侮辱だと主張せざるをえないこともある。貴族の男同士の恋というのは、かくも難しい。

「まあ、心配することはないだろう。ベリルの気まぐれは、今に始まったことじゃない」

「だといいんだがな」

マルガルは短く息をついて、コマのひとつを手にとった。

「お待たせー」

そこへ、お茶や焼き菓子を運んでサガたちが戻ってきた。

サフィルはひそかにベリルを観察した。

「勝負はついた？」

かたわらに軽食用のテーブルを整えながら盤面をのぞく様子に、特に変わったところは見られない

――が。

「あれ、サフィルの将軍がひとつ、変なところにある」

「倒したペナルティにおれがすっ飛ばしてやった」

「へえ、珍しい！　得したね、マルガル」

そうほほえんだおもては花のように美しくつやめいて、サフィルは人知れず確信を深めた。

惜しむらくは、マルガルの注意は戦局のみに向けられ、見とれるほどのベリルのほほえみを目にとめなかったことだ。

サフィルは考えていた。ここはサガの寝室、就寝前のくつろぎのひとときだ。

サガはすっかり寝仕度をすませ、ベッドに入ろうとしていた。サフィルは、ベッドの主《ぬし》より先に、我が物顔に横たわっている。

「なんだい、サフィル？　僕はもう寝るよ」

「ああ……」

生返事をしても、毛布の上に寝そべったまま動こうとしなくても、心やさしい客は、邪険に追い出しにかかったりはしない。毛布をめくったまま待ってくれている。

その視線が自分に向けられているのを感じて、サフィルは言った。

「昨日まで気がつかなかったことを、今日になって急に気付くことがある。あれは、何なのだろうな」

「うーん……？」

サガはわけがわからないといった様子で眉を寄せた。

「つまり、ひとつの表情に、大して意味などないと思っていたのに、それはまったくの思い違いで、百の言葉を費やすよりも明確な意味を持っていたのだ」

「なるほど」

その舌足らずな説明でもわかったのか、サガはうんうんとうなずいた。

「それは、サフィルが大人になったってことじゃないのかな」

「大人に……？」

今度はサフィルが眉を寄せる番だった。

「私はもう二十歳だ。立派な大人だと思うが」

サガは笑う。

「そうだね。言い換えれば、大人になるってのは、経験を積むってことだよ。いろんな経験をして、それが心のひきだしに入るんだ。そうすると、誰かが同じ経験をしたとき、あ、その気持ち自分もわかる、って思うんじゃないかな」

サフィルは目をみはった。

「考えたことがなかった」

「そういうふうにいろんなものの見方ができるようになるっていうのも、大人になるってことさ」

「確かにそうだ」

大人になるとは、分別を求められ、それ相応の責任を負わせられ、がんじがらめになることだと思っていた。それらはつまり、いろいろな経験あってのことなのだ。

サフィルは感嘆した。

「サガは賢いな」

「賢いってわけじゃないけど、そう見えるなら、それは僕がきみより少し経験を積んでるってことだよ」

「なるほど」

じゃあ気がすんだら寝るよ、と言わんばかりにサガが毛布の端を持ち上げた、その手を、サフィルは握った。

「え——」

サガは目をまるくした。

「サガ……私はこちらの経験も積みたい」

甘くささやけば、あきれながらも顔を赤くする。

「何言ってるんだい、僕は寝るよ！　さあどいたどいた」

「私が大人になるのに一役買ってくれないのか？」

「大人になることの手始めは、他人の気持ちをおもんぱかることだよ！」

「では先生からお先にどうぞ」

「もう、ああ言えばこう言って——」

ぶうぶう文句を吐くその唇を、サフィルはかろやかについばんだ。

「私はまだ未熟なんだ」

すべらかな頬にふれ、手ざわりとぬくもりを感じる。

「大人になりきるには時間がかかる」

だから、と甘えるように見つめると、サガはうううと唸った。

もう一押しだ。サフィルはあたう限り声とまなざしに愛情をこめた。

「サガ……だめか？」

「もう、反則だよ！」

忌々しそうに言うサガは、指先でこちらの額をはじいた。デコピンという、ちょっとした腹いせに繰り出す技だそうだ。大したダメージは与えられないが、そんなことでもしてやらずにはいられない、というニュアンスを持つらしい。

追い詰めたり。サフィルはほほえみ、サガの唇に己がそれを押しつけていった。

◇

◇

◇

サフィルとの情事は、いつもやさしいキスから始まる。そっと静かに試すような、ふれたら落ちてしまう花びらにするようなキスだ。もっとやんちゃで、傲慢《ごうまん》で、不遜《ふそん》で、生意気で、強気で、こわいもの知らずなのかと思ったら、案外繊細なのだ。そちらの経験の違いから来る余裕なのか、それがサフィルの本当のやさしさというものなのか、お粗末なキスしかできない佐賀は、それだけでぽうっとなってしまう。

ついばまれ、ついばみ返し、そうしているうちに、サフィルも次第に大胆になってくる。生意気で強気な若者らしさが顔を出し、甘咬みしたり、舌先でつついたり、固くなってしまう唇を割ろうとなだめ、すかし、息継ぎをしたその隙を逃さず、さらに深いキスをしかけてくる。

「サガ……」

サフィルの声は熱っぽく、甘く、唇からだけでなく耳からも官能の蜜《みつ》を流しこもうとするかのようだ。

反則だ、と佐賀は思う。そんなせつなそうな声で呼ばれたら、誤解してしまうではないか。

――身代わりや、慰めなどではなく、本当に佐賀を、佐賀自身を、好いてくれているのではないかと。

「ん……！」

ぴくりと体がすくんだ。寝間着の上から胸をまさぐられ、小さいとがりを探り当てられたのだ。柔らかかったそれは、指の腹でさすられ、押しつぶされ、つまみあげられて、次第にこりこりと芯《しん》の通ったような感触になる。そちらに目を向けると、薄手の寝間着を押し上げているのがわかる。

サフィルはそれを、布地越しに口に含んだ。ちゅくちゅくと音を立てて吸われ、いたたまれなくなる。

「うあー…なんか、もう……」

恥ずかしい。いやらしい。下腹のあたりに熱が集まる気がする。

サフィルは佐賀の寝間着の胸元を大きくはだけ、もう一方は直に指先に捉えた。人差し指でこねあげられると、こちらもふっくらとたちあがった。

「サフィル……」

いたたまれない。いたたまれなさすぎる。放してもらおうと彼の肩を押すと、力が入らず、それも愛撫だと思ったのか、ねだっているとでも勘違いしたのか、サフィルはむきだしのそれにも吸いついた。

「ひあっ……」

よせばいいのに、佐賀はそれを目の当たりにしてしまった。若者の紅い舌先が、桃色のつぼみをなぞり、こねまわし、ねぶる。白い肌と赤みを帯びた肉とのコントラストは自分のものではないようで、つまり他人の情事をのぞき見ているような錯覚と、それでいて確かに自分の身に起こっている実感とで、惑乱する。

惑乱は、興奮を誘う。佐賀は寝間着の前を押し上げつつある下腹部のものに、落ち着かなくなってきた。なるべく気付かれないように腰をよじり、膝をかるく立てて隠す。

その間もサフィルは佐賀の乳首をしゃぶり、肌を愛撫し、そちこちにキスした。

その手がそろりと腰に伸びてきて、佐賀は思わず彼の手を押さえた。

「……サガ？」

それでサフィルにはわかってしまったようだ。もう一方の手で、するすると寝間着の裾を持ちあげる。

「わあ、だめだってば……っ」

佐賀はこんな作業に慣れた若者の手と、その手によってまくられる寝間着の裾を押さえた。

「どうして？　反応するのは当然だ」

「それでもだよ！」

「どうして？」

「きみには羞恥《しゅうち》心てものはないのかい？」

「なるほど」

サフィルは納得したようにうなずき、しかし佐賀がほっとしたのもつかの間、寝間着の裾から頭をつっこんできた。

「ぎゃー！」

佐賀はけたたましく叫んだ。

「見えなければいいのだろう」

サフィルはいたってあっけらかんと言って、寝間着の中で佐賀の下着を脱がせてしまった。

佐賀は服の上からきかん気の若者の頭をぺしぺしはたいた。

「よけい恥ずかしいよ！」

サフィルはまったく頓着せず、佐賀の腿に頬ずりし、かるくキスし、なだめるようにさすった。

「まったくもう……」

若いってことということなのかなあ、と、それが不可解にも、甘酸っぱくも感じられる。ほしいものをその手でつかむのに、ためらいも物怖《ものお》じもない。びびり屋の自分にはうらやましい限りだ。

しかしサフィルは、性急なことはしなかった。いつも丹念に慣らし、佐賀の負担がないようにしてくれる。香油をなじまされ、指を一本ずつ増やされて、いつまでもそこをいじられていることの恥ずかしさに、佐賀のほうから、もういいよ、と先を促すこともしばしばだ。

サフィルも、そのタイミングを読むのに慣れてきた。

「サガ……」

彼の甘い声が自分を呼び、入れるぞ、とささやく。

佐賀は、広げた膝をさらに押し広げられ、それと同時に、丁寧に慣らされたそこに熱いものが押しつけられるのを感じた。進もうとするサフィルが、佐賀の膝をさらに深く折り曲げてくる。

「いた、た、た」

思わず苦鳴をもらすと、サフィルはびっくりしたように腰を引いた。

「痛いか？」

慌てた様子でそこの潤い具合を確かめるので、佐賀はかぶりを振る。

「あ、ソコじゃなくて、腰……」

「腰？」

「足を広げて折り曲げられてって、けっこうつらい格好なんだよ」

五十歳・運動不足・ややメタボのときにはすぐに音をあげていただろう姿勢は、若いこの体であっても、十分につらい。慣れの問題かもしれないが。

サフィルはちょっと考え、腰をかるくたたいた。

「うつぶせになってくれ」

「こう？」

「そう」

ころりと寝返りを打って背を向けると、サフィルの熱い手が腰をつかみ、引き上げた。

「えっ、ちょっ、いや、待って……っ」

佐賀はうろたえた。これはいわゆるドギースタイルというやつではないか。

「このほうが負担にならないだろう」

サフィルは純粋に佐賀の体をおもんぱかってくれたようなのだが、だからといってこの体位は、わあ本当だありがとうと歓迎できるものではない。――恥ずかしい！

「待って、待って、サフィル！」

「なんだ」

「腰が痛くても我慢するから、最初のほうでやらない？」

「痛い思いをしながらでは気が散るだろう。私はこれからもおまえを抱くつもりなのだから、いやいや抱かれてほしくはない」

「うわー……なんかさらっと大胆なこと言ったよこの子」

佐賀はほてる顔を枕にうずめた。

「入れるぞ」

サフィルは宣言して、再び、潤むそこに若い欲望を臨ませた。

「あ……っ」

佐賀は枕をつかみしめた。サフィルのものは、十分な勢いをもって入り口をくぐってきた。見えないだけに、その感覚はダイレクトに脳を刺激する。肉の輪をこじあけて、張り出した部分が侵入してくる。一番太いところが通り抜けると、あとはずるずると埋めこまれる——あるいは、佐賀自身がひきずりこむようだ。

「サガ……」

熱っぽいささやきが汗ばむ背中に落ちた。腰をつかむ手に力がこもり、ひきつけられて、さらに勢いよく突き入れられた。

「あ——だ、だめ……！」

佐賀はとっさに前のめりになって逃げようとした。

が、サフィルの腕に抱きすくめられ、逃がすまいとさらに深みを探られてのたうった。

びりっと、そこから脳天まで電気が走ったようだった。それはまぎれもない快楽、快感だ。

気持ちいいと、佐賀の躰は訴えているのだ。自分でさえふれたことのない虚《うろ》をぴったりと押しふさがれ、小刻みに、あるいは激しくこすられて、どうしようもなく甘美な感覚が怒濤《どとう》のように迫ってくる。知らず前に手をやると、たちあがったそれはふるえ、先端からしずくをこぼしていた。佐賀は夢中で握った。

「サガ……いいのか?」

その動きに気付いたサフィルが、体を倒して覆いかぶさってきた。佐賀の背に、サフィルの裸の胸が重なる。薄手の寝間着ごしに、体温と、汗と、鼓動を感じる。

「サガ……」

肩口や、うなじにキスを落とされた。ちゅ、ちゅ、と音を立てながらそこらをついばんでいる。佐賀は枕に額をすりつけた。

「だめ…だめだ……だ、だめ……っ」

うわごとのような声が、切実な響きを帯びた。前にまわってきたサフィルの手が、佐賀のそれに重ねられたのだ。上から握力をかけられ、ゆるゆるとしごかれて、逃げ出しようのない快感に襲われる。

「どうして? いいのだろう?」

「だからだめなんだ……」

「それはだめとは言わない」

サフィルはかるく笑い、腰を使い始めた。折り重なる姿勢のために、激しく抜き差しするわけではないが、だからこそよけいに、いいところを延々刺激され続ける。佐賀は身悶《みもだ》えた。

「もう……だめ……」

「《宝珠》の調整をしておこう。サガの『だめ』は『いい』のことだと」

「あーっ…あっ…あっ……」

こらえきれない叫びが唇からほとばしった。なかを締めつけてしまったのか、サフィルの呻きが聞こえた。

「サガ……今のは、きいた」

いきそうだったのか、声が真剣だ。腹いせのように肩を甘咬みされる。動きがゆっくりになって、波をやりすごすようだ。

佐賀は無意識に腰をもじもじさせていた。もっとほしい、いいところにもっとほしい、もっとしてほしいと、口で言えないくせに、躰は正直だ。

いや、そこまでの理性は残っていなかったのかもしれない。ただただいい。気持ちいい。

わけがわからなくなって、佐賀は泣き声をあげた。

「もう……だめだ……」

サフィルが耳元にくちづけを落とした。

「わかってる」

律動が再開された。ゆるゆるとした動きは、次第に激しさと鋭さを増してくる。

「うあっ……ああっ……」

自分の手の上からつかまれたそれもしごきたてられ、先端を揉《も》むように刺激されて、佐賀は大きく喘いだ。そんなふうにされたら、ますます逃げられない。はまりこみ、流される。抜け出せず、溺れる。

「サフィル……っ」

佐賀は両手で枕をつかんだ。

サフィルも両手で佐賀の腰をつかんだ。背中がすっと冷えた気がしたのは、胸を離されたのだろう。それを頼りなく思う間もなく、激しい突きが襲ってくる。

「サフィルっ……」

「サガ……サガ」

「ああ、もう……あぁぁっ……！」

きつくつぶったまぶたの裏がまっしろになり、頭の中もまっしろになり、指先がまっしろになるほど強く枕をつかみしめて、佐賀は絶頂を迎えた。

ほんの数秒遅れて、サフィルのものもなかで弾《はじ》けた。吐き出しながら痙攣《けいれん》するようにこすられて、それも快美に拍車をかけた。

「サガ……」

荒い呼吸を静めながら、サフィルが背後から抱きしめてくる。佐賀はその体温にやすらいで、ゆっくりと息を吐いた。

精も根も尽き果てて、そのまま眠ってしまったらしい。佐賀が枕に頬をうずめた姿勢で目を覚ますと、隣に顔を並べたサフィルがにっこりした。

「おはよう、サガ。……ゆうべはかわいかった」

そう甘い声でささやき、頬や額にキスしてくる。歯が浮きそう、とは、こういうことを言うのだ。よくわかった。

「……だから僕はね、おっさんなんだよ。きみはこの顔にだまされてるだけなんだ」

佐賀は恥ずかしいやら決まりが悪いやらで渋面をつくる。

「人を見かけで判断しちゃいけないって、教わらなかったかい？」

「人の内面は顔に出る。だから自分の顔には責任を持たなくてはならない。そう教わった」

「ああ、それも一理あるねえ……」

佐賀はためいきをついた。

何にせよ、腰が痛い。どのくらいいたしたのだろう、二回までは覚えているが、そのあとは記憶がない。そこの熱っぽい感じからするに、大分したのかもしれない。

サフィルはけろりとしている。若さとは恐ろしい。

「サガ、好きだ」

きらきらしい顔が近付いてきたので、佐賀はそれをてのひらでさえぎった。

「はいはい、それまで。朝からふらちなまねしちゃいけないよ。さっさと起きて」

窓の外が明るくなってきていた。そのうちアマラが起こしにくるだろう。佐賀はだるい腰をさすりながら起き上がった。

「サガはつれない」

サフィルがかわいい顔つきですねているが、ここで甘い顔を見せたらだめだ。

「大人には分別があるからね」

「だったら私は子供でいい」

「そういう子供っぽい人は嫌いだよ」

はいはい起きた起きた、と尻をたたいてベッドから出すと、サフィルはしぶしぶ服を着て、またあとで、のキスを残して——これくらいは勘弁してあげよう——出ていった。

やれやれ、と佐賀はためいきをついたが、なんだか頬がゆるんでいる気がするのは、きっと気のせいではないだろう。

「こんなに好き好きって言われるのなんか、生まれて初めてだもんねえ……」

てれる。そして気恥ずかしい。顔かたちが変わってしまったせいとはいえ、こんなラブラブオーラを向けられたことは、いまだかつてない。きっと、元の世界に戻ったら、いい思い出になるだろう。

こんなに好きになってくれた人はサフィルのほかいない——それを思うと、少し、いやかなり、胸がしめつけられるようではあるけれども。

◇　◇　◇

サフィルは、これまで以上に古い友人たちの様子を観察するようになった。

二人とも、これまでと変わらないふうに見えるが、サフィルには、かすかな変化、あるいは、表情の意味というものがわかるようになったと思う。それは、自分が苦しい恋を知り、新たな恋を見つけ、満たされる気持ちを知った――サガに言わせれば「大人になった」――ということなのか。

ベリルはやはり、マルガルのことが好きなようだ。マルガルが違うほうを向いているとき、その横顔をじっと見つめていることがある。

ああそうだ、とサフィルは思い出した。自分もルビスに恋しているとき、気付かれないように、こっそりとその顔を見つめていた。見つめていることに気付かれたら、きっとこの想いにも気付かれてしまうから、彼の目を盗んで、こっそりと。もどかしく、せつない想いだった。

それでわかったことがあるのだが、どうも、マルガルのほうでも、ベリルに対して同じ種類のまなざしを向けているようだ。

つまり二人は、打ち明けてさえいれば、両想いになれるのだ――けれど、打ち明けてはならないと、そっと胸の内に閉じこめているのだ。サフィルがかつてしていたように。

それを見てとることができたのも、サガのおかげだ。きっと彼も、いくつかの恋で同じように、好きな女性を見つめていたのかもしれない。

お茶の時間、まだゲーム盤に向かう二人を見やりながら、サフィルは呟いた。

「サガが好きになった女は、見る目がなかったのだな」

サガはきょとんとした。

「え、なんだい急に」

「おまえはこんなにやさしいのに」

「やさしいことくらいしか取り柄がないからねえ。女の人には物足りないんじゃないかな」

「やさしいことは最大の徳だ」

サフィルは力説した。

「我々貴族は何よりもまずそれを求められるのだ。他者に対するやさしさがなければ、その人物の価値などないに等しい」

「ああ、それできみ、初めて会ったときは無愛想だったのに、親切にだけはしてくれたんだね」

「……あ、あのときは、間が悪かったのだ」

内心それを恥じているのを、サガはぽんぽんと頭を撫でてくれた。

「うんうん、わかってるよ。いろいろうまくいってなかったんだよね」

こんな言い方ひとつをとってみても、サガの持つのが真の「やさしさ」であることがわかる。「やさしさ」とは人道であり、慈愛であり、あたたかなふるまいだ。それはうわべだけ配慮すればいいというものではなく、その人の心に寄り添ったものでなくてはならないのだ。サフィルはそれを、《さすらい人》のサガから教えられた。

「おまえはやっぱり《サガ》なのだな」

それは詩であり予言であり、人智の及ばぬところからの声だ。

「え、何だって？　よく聞こえなかったよ」

サガはサンドイッチを飲みこんで訊き返したが、サフィルはそれには首を振った。

この上なく満ち足りた思いだった。


だが、運命は音もなく、何食わぬ顔で近付いてきていた。

その夜もサフィルは、寝仕度をすませたサガの寝室を訪れた。

「あれ、サフィル。……今夜はしないよ？」

サガは初めきょとんとし、次いでその可能性に思い当たったのか、厳しい顔をして見せた。

サフィルは苦笑した。

「わかっている」

姿かたちは若々しいこの「自称・おじさん」からは、一晩に一回、三日に一度を最高限度とする、と申し渡されていた。甘え倒せば折れてくれることも二回に一回はあるが、今夜は本当に一緒にいるだけでいい。ベッドに並んで横たわり、サガに身を寄せる。

「もう、甘ったれだなあ」

獣の仔がじゃれつくように、ふところに鼻先をすりつけると、サガは笑って髪を撫でてくれた。

「そんなんじゃ、僕がもとの世界に帰ったあと、どうするつもりなんだい？」

サフィルは、はっとして顔を上げた。

サガは、困ったようにやや眉を寄せながらも、笑っていた。

笑っていた！　それは、疑いもなく信じているということだ——いつか（きっと彼の中では、そう遠くないうちに）自分のいた世界に帰れることを、己が平穏を取り戻せることを、そして、サフィルをここに置き去りにしてゆくことを。

どうしよう、とわずかに迷った。《さすらい人》について、言っていないことがある。そしてそれは、サガにとって、運命を左右する重大事のはずだ。

できることなら、先延ばしにしたかった。このままずっと、サガが帰れるという可能性を忘れ去っていてくれたら。

だが、それはできない相談だ。今だけごまかしても、きっと彼はことあるごとに訊ねるだろう。いつ帰れるのか、と。

それならば、今告げても、同じことだ。サフィルは覚悟を決め、彼に向き直った。

「サガ、……聞いてくれ」

「うん、なんだい？」

急に顔をこわばらせたサフィルをどう思ったか、サガも姿勢を正した。

サフィルは言った。

「記録では……いや、何と言えばいいのか、……過去の《さすらい人》で、元の世界に帰った者は、いないんだ」

「え――」

サガの目が大きくみひらかれた。いきなり冷水を浴びせられたような、驚き、失望、疑念と、信じられないという気持ちが手にとるようにわかる。

それが動かしようのない事実であっても、彼のその表情を見るのはつらかった。視線をそらせて続ける。

「彼らがどういうふうにこの世界に来たのかわからないが、戻る方法はない。みな、こちらで一生を終えている」

「……そんな」

「サガ、すまない」

サフィルは、茫然《ぼうぜん》自失のサガをそっと抱きしめた。

「もっと早くに言わなくてはならなかった。……言い出せなくて、すまない」

「あ…ううん、サフィルが謝ることじゃないよ！　戻れるって、信じて疑ってなかった僕も、よく考えたら何を根拠にって話だし」

サガは努めて明るく言ったが、語尾が隠しようもなくふるえていた。

「サガ」

泣いてしまうかも、泣かせてしまったかも、という焦燥で抱きしめると、耳元で小さな笑い声がした。

「心配してくれるの？　大丈夫だよ、そりゃ、ちょっとショックだったけど……」

背中を、いつもしてくれるようにぽんぽんとたたかれる。慰めるべきはこちらなのに、まるであべこべだ。

「だから、きみがそんな顔しなくていいんだよ。……それでね、今夜は独りにしてくれるかな。いろいろ考えなきゃ」

「サガ」

「大丈夫だよ。ちょっと人生設計が狂っちゃったしねえ、考え直さないと。だから」

サフィルは、やっとの思いで腕をほどいた。

「何かあったら、すぐに呼べ。私の部屋に来るのでもいいから」

「うん、ありがとう。……おやすみ」

サフィルは、寝室には夜光石をわずかしか置いていないことを後悔した。いっそ壁一面に埋めこんでおけば、真昼のように明るくなって、サガが泣いていないかどうか確かめられたのに。

「……おやすみ、サガ」

もう一度かるくハグして、サフィルは後ろ髪を引かれる思いで、サガの寝室をあとにした。

隠し通せばよかった。あるいは、もう三十年くらいすれば帰れる、と嘘をつくとか。

しかし、語られた言葉は、もうひっこめることはできない。これから自分にできることは、サガを慰め、この世界で彼が歩む道筋のしるべとなり、道連れとなることだけだ。

自分の寝室でベッドに横たわりながら、サフィルは呟いた。

「おやすみ、サガ」

よく眠れるように、悪い夢など見ないように——祈ることは、ただそれだけだった。

◇　◇　◇

柏木さんが慌てている。

「宮尾さん、どうしよう、あたしミスったかもしれないです！」

我が課の最年少である彼女のおろおろした様子は、今ではもうあまり見られない。あれは、彼女が入社して半年くらいのときのことだ。

「ミスったって、何を？」

宮尾さんが眉を寄せると、机にいた早川さんも耳をそばだてるのがわかった。

柏木さんは泣きそうになっていた。

「大洋《たいよう》さんに送るはずの依頼書、光洋《こうよう》さんに送っちゃったんです」

あちゃー、と佐賀は思った。取引先の大洋部品さんと光洋部品さんは、字面がよく似ていて、書面では間違えやすい。しかも似たような品物を取り扱っているので、ますます混同しがちなのだ。

――落ち着いて。光洋さんなら、営業担当がいるだろう。彼に事情を話して、連絡してもらうんだ。

佐賀はそう指示したが、その声は彼女らには聞こえなかったらしい。

「課長は？」

――ここにいるよ。営業に連絡して……。

「さっきから見当たらないんです」

――ここにいるってば。

「トイレかな」

「でも、午後になってからずっといらっしゃらないですよね」

早川さんまであたりをきょろきょろしている。

「課長―、どこですかー」

部屋の外にまで声をかける宮尾さんに、佐賀は声を張り上げた。

「僕はここだよ！」

その自分の叫び声で、目が覚めた。


そんな夢を見た朝は、当然ながら、憂鬱だ。佐賀は朝からためいきをついた。

夢見の悪かった原因はわかっている。昨夜、寝る前に、サフィルから告げられたことのせいだ。この世界に来たが最後、もうもとの世界には帰れないのだと、そう言われた。彼女らには二度と会えないし、会社の事務室の佐賀の席に座ることは二度とない。部下の失敗に青くなることもなく、ボーナスの額に一喜一憂することもない。ヒノキの入浴剤をたらした風呂でリラックスすることも、モーツァルトを聴きながらうたた寝することも、できないのだ。

はあ、と我知らず大きなためいきが出た。

洗顔の仕度をしてくれていたアマラが、何かあったかとこちらを見た。

「あ、なんでもないよ。ごめんね」

「いいえ」

顔を洗い、髪にくしをいれ、着替えて、食堂に向かう最中も、気が晴れないのはしかたない。けれど、あまり暗い顔をしていてはだめだ。サフィルが気にするし、他の二人も不快にさせる。

笑って、と両手で頬をパンとたたく。

食堂ではみんなそろっていた。

「おはよう、みんな。遅くなってごめんね」

明るい声を出すと、おはようの挨拶をしかけたベリルが、ふと怪訝そうな目をした。

「おはよう、サガ。昨夜はよく眠れなかった？」

内心ぎくりとしたが、とぼけてみせる。

「え、そんなことないよ。どうして？」

「まぶたがはれぼったいみたいだから」

「もともとこんな顔だよ」

しかしマルガルもしげしげ見つめてくる。

「言われてみれば、ちょっと目も赤くなってる」

この二人のコンビネーションというのは、どうしてこう容赦なく図星をさしてくるのか。今朝ばかりはそれが恨めしい。

が、表面上はそ知らぬていで、目にゴミが入ったふうを装って目元を指先で押さえてみせた。

「さっきこすっちゃったからかな？」

「そう？　目の病気もあるから、気をつけて」

「うん、ありがとう」

サフィルはといえば、きゅっと眉を寄せて、心配そうにこちらを見ていた。

心配させせまいと、佐賀は笑いかけた。

「おはよう、サフィル」

「……おはよう」

サフィルのほうがつらそうだ。もしかしたら、言うんじゃなかったと後悔しているのかもしれない。

彼が悪いわけではない、彼は説明義務を果たしただけなのに。

大丈夫だと示すように、ことさら元気な声をつくる。

「さ、じゃあごはんにしようか！」

佐賀はつまらない冗談などを言ってベリルたちにおつきあいで笑われながら、いつもと変わらないくらいによく食べた。実際のところ、味がよくわからなかったのだが、ベリルたちまで心配させてはいけない。いっそ、帰れないとわかったことを打ち明けようかとも思ったが、そんなことを言ったらこっちが泣きそうになる。それはだめだ。絶対に。

サフィルは耳も尻尾も垂れた犬のようだった。

そんな顔をするな、と言いたかった。きみがすまなく思うことはないんだから、と。

「サガ、パムのケーキもっと食べる？」

ベリルが勧めてくれるのを、喜んで受けた。

「ありがとう。これおいしいよねえ。大好きだ」

本当は、家の近所にむかしからある和菓子屋さんのどら焼きがなつかしかったけれど。


食後は、やっぱり寝不足みたいで寝直したい、とみんなに断って部屋に戻ってきた。ベッドはきれいに整えてあったが、サンダルを脱いで倒れこむ。

「ほんとに…戻れない…のかな……」

実感がないのは、理解することを頭が拒絶しているのだろうか。そんなはずはない、戻れないはずはない、と信じているのか。

これからどうしよう、どうなるのか、どうしたらいいのか。むこうに残してきた仕事、交友関係、財産、その他もろもろ、それに対する責任と、……未練を。

昨夜も考えてよく眠れなかった。一晩くらいで解決できるものでもない。

「どうしよう……」

声に出してみても、いい案はうかばなかった。佐賀は起き上がった。

足が厩に向いていた。何をしようと思ったわけでもないのだが、無意識に癒しを求めていたのだろう。ただなんとなく、ヴェントの蒼い瞳を見つめ、それに見つめ返されたかった。

厩に近付いてゆくと、つながれている四頭のうち、角のない一頭がいちはやく気付いた。しきりと首を振り上げてアピールする。

早く来て、こっちこっち、と言いたげなそのしぐさに、笑みを誘われた。

「ヴェント。元気だったかい?」

鼻筋と首を撫でてやると、嬉しそうにすり寄ってくる。すっかり心を許してくれたようだ。

厩番が声をかけてきた。

「おや、サガさま。どうなすったんです？」

「うん、ちょっとね……」

「乗んなさいますかね？」

ごく当たり前のように訊ねられて、ああ、それもいいか、と思う。

厩番はヴェントを引き出し、鞍を置いた。

佐賀は、多少手間取りつつも、何とかまたがった。サフィルたちのようにスマートにはいかないが、鞍にしがみついたまま自分の体を持ち上げられなかった最初のころより、ずいぶんましだ。姿勢を落ち着けて、一息つく。

「じゃあ、ちょっと行ってきます」

「お気をつけて」

よいしょ、とかるく馬腹を蹴ると、ヴェントはぽくぽくと歩き始めた。

この合図も上達した。最初は弱くて気付いてもらえなかったり、強すぎて駆け出してしまったりしたものだが、いや、これはもしかしたら、ヴェントのほうが、まずい乗り手に気を使ってくれているのかもしれないけれど。

「さて、どこへ行こうかなあ……」

佐賀はぼんやりと呟いた。べつだん、どこに行こうと思ったわけではないのだ。

が、ふと、川へ行ってみようかと思い立った。

思いついたら、それが一番いいような気がした。すべてはそこから始まったのだ。

「ヴェント、川へ行こう。道、知ってるよね？」

話しかけると、賢い馬は大きく首を下げた。うなずいたように見える。そして、佐賀が手綱をさばかなくとも、進路を右に取り始めた。

「きみはほんとに頭がいいねえ」

首を撫でてやりつつ、佐賀はためいきをついた。あたりに広がる小麦畑に、風が渡るたびさざなみが走って美しいのが、もといた世界の田んぼの風景に重なった。

これからこうして、何かを見るたび思い出すのかもしれない。佐賀の住んでいたのはそこそこ都会でそこそこ田舎という地域で、ビルやマンションももちろんあったが、田んぼや畑、雑木林も多かった。

「いかん…泣けてくる」

佐賀はわざと茶化《ちゃか》して言ってみた。そうしないと本当に泣きそうだ。

大丈夫か、と問いたげに、ヴェントが首を振り向けた。

「平気だよ。きみは人の言葉がわかるのかい？」

そのタイミングのよさに、つねづね思っていたことを口にしてみる。

「きみがしゃべれたら、どんなことを話すのかな」

そうこうしているうちに、前方、森のはずれあたりから、きらきらと陽をはじく光の帯が見えた。川だ。名前は何といったか、教わったはずなのだが覚えていない。

「なんだっけ…『のるかそるか』みたいな感じの……？」

ここで暮らさなければならないとなったら、川の名、山の名、動植物、そういったものの名前を一から覚えなくてはならないのも、憂鬱だった。いっそ『江戸川』と呼んでやろうかとさえ思う。新大陸に移住した人々が、故郷を偲《しの》んでそこの地名をつけたように。

ヴェントは川岸から二メートルばかり離れたところでとまった。

「よしよし、ありがとう、ヴェント」

佐賀は首を撫でてやって、鞍からおりた。

踏みしめる草はやわらかく、土の匂いがした。白い小さな花も咲いている。こんな様子は近所の土手も一緒だったが、ここは江戸川ではないのだ。

川面をのぞきこむと、水に端整な顔立ちが映った。眉がハの字になっている表情がどことなくユーモラスで、きりっとしていればハンサムなのに、と、佐賀は自分の顔ながらおかしくなった。

そのうち慣れるのだろうか。この顔にも。覚えにくい地名にも。コメのごはんが食べられないことにも。

そのときだ。荒々しい馬蹄《ばてい》のとどろきが聞こえたと思ったら、それが次第に近付いてきた。足元の地面さえ揺るがす勢いだった。何事かと振り返れば、誰かが馬を駆ってこちらに来るところだった。はちみつ色の髪、若々しい四肢、あれはサフィルだ。

「サガ！」

佐賀は手を振った。

「ここだよ。どうしたの？」

「サガ…！」

サフィルは手綱を絞り、前脚をあがかせた馬から飛びおりるなり、きつく抱きしめてきた。

「頼むから、ここから帰ろうなどと思わないでくれ。心臓がとまるかと思った……！」

佐賀は面食らった。

「え、大丈夫だよ、そんな無茶はしないから。そもそも僕、泳ぎがうまいわけじゃないから、飛びこんだが最後溺れるかもしれないし」

サフィルは青ざめている。

「……前に来た男は、帰ろうとして川に飛びこんだのだ。そうして帰れずに、……遺体があがったのだと、そう父祖の日記に書かれていた。おまえまで同じことになったらどうしようかと――」

「えっ……」

佐賀もぞっとした。

「そのことまで含めて言うべきだったと、だから川に飛びこもうなどと考えてくれるなと、ちゃんと言っておかなくてはならなかったのだと、死ぬほど後悔した。サガ、私を赦《ゆる》してくれ」

「赦すも何も、怒ってないよ、ていうか、謝るのは僕のほうだよ。ふらふらしてごめんね」

慚愧《ざんき》にたえない様子の年下の友人をなだめるように笑いかけると、

「笑うな、サガ！」

サフィルはぐいと腕をつかんだ。

「どうして笑えるのだ、泣きたいはずだろう。私の前だからって、強がるな」

佐賀は短く息をつく。

「……僕はね、おじさんなんだよ。人前で泣くなんてことは、親の葬式くらいにしかしないものだよ」

「サガ、無理をしなくていい。私も想像してみたのだ、生まれた地を遠く離れて、しかも二度と戻れないとなったら、どうなるかと。それはきっとつらく、苦しく、悲しいことに違いない。……だが、私がそんなことを言うのだって、しょせんは想像でしかない、と怒っていい。自分のつらさがわかるか、と罵《ののし》っていい。私はおまえを、知ったふうなことを言うなと何度もはねつけた。それと同じように返していい」

「サフィル――」

「サガ、だから、独りで抱えこまないでくれ。私が肩代わりできるのは、おまえの苦しみのほんの何十分の一かもしれないが、八つ当たりでもなんでもいいから、わけてくれ」

佐賀は思わず、サフィルの肩をぽんぽんとたたいた。

「大人になったねえ……」

そのしみじみとした口ぶりに、サフィルは色をなす。

「サガ、私はまじめに言っているのだ！」

「僕もまじめだよ。きみは本当に、初めて会ったときより、はるかに大人になったよ」

そうして、笑みを消して、ひとつ息を吐く。川に目をやると、ゆるやかな流れが、終わりのない歌をうたっているようだ。

「……僕の住んでたところにも、川はあったよ。でもこんなふうにいきなり川岸っていうんじゃなくて、土手があった。土手のこっち側には田んぼが広がっててね、僕が小学生のころ、祖父母が遊びにきたとき、祖父と一緒にイナゴを虫かごいっぱいつかまえて、こんなにたくさんは飼えないなあと思ってたら、祖母が母と一緒にそれを佃煮《つくだに》にした。僕はちょっと食べられなかったけど、おばあちゃんがイナゴの佃煮をつくってくれたのは、あとにも先にもそのときだけだったから、食べてみればよかったなあ……」

祖父と父は酒の肴《さかな》に喜んで食べていた。おいしかったのだろうか。

佐賀はぽつぽつと話した。

「僕の家は、きみのお屋敷みたいに立派なものじゃなくてね、庭付き一戸建てなんていっても、猫の額ほどの庭に二階建て３ＬＤＫの小さな家だった。でも居間の柱には毎年お正月に背比べしてつけたしるしがあったし、床柱には、小さいころ、雨の日にお隣の俊《しゅん》ちゃんとちゃんばらしててつけちゃった傷もある。あのときは母にこっぴどく叱られた。思い出がつまってたんだ」

サフィルは黙って聞いてくれていた。脈絡はないし他人にはどうでもいいことだし、これだからおじさんの話はくどいと嫌われるのはしかたないと思いつつ、とめられなかった。

「……残してきたものがたくさんあるよ。だってそうだろ、僕は金曜の仕事帰りに、子犬を助けただけだったんだ。仕事は上半期決算を迎えて山積みだったし、買ったばかりでまだ封を切ってないモーツァルトのＣＤもあったし――」

あ、まずい、と思ったときには、涙がぽろりと落ちていた。

「サガ」

サフィルが頬をぬぐってくれた。が、そんなことではおさまりきらないくらい、それはあとからあとから湧いてあふれた。

「出世なんかできなくたってそれなりにやりがいはあったし、柏木さんが彼氏とうまくいくか見守っていたかったたし、入浴剤は大事に使ってたからまだ半分以上残ってたし、会社の玄関横のベンジャミンだって、僕が世話してやらなかったら誰がやってくれるって言うんだ！」

サフィルが控えめに質問した。

「……なんだ、そのベンジャミンというのは」

「観葉植物だよ！　ついでに教えてあげるけど、柏木さんてのはうちの課の一番若い女の子だ！」

「……そうか」

そいつに何の関係がある、などとは、サフィルは賢明にして口に出さなかった。内心では思っているのかもしれないが。

「十一月は両親の命日があるし、来年は七回忌だったのに、その上僕まで死んだことになってたら、伯父さんになんてお詫びすればいいやら」

「そうか」

「ちなみに、七回忌っていうのは、亡くなった人のための宗教上の儀式だよ」

「ご教示、ありがとう」

「両親は事故で二人一緒に亡くなったんだ。父さんたちも、今の僕みたいに、途方にくれただろうな……」

「サガ」

サフィルの体温が近付いてきたと思ったら、きつく抱きしめられた。

「おまえがむこうの世界に置き去りにしてきたものの代わりになるとは思わないが、私がおまえを守る」

「……」

「私がおまえの安らぎになる。だから、悲しまないでくれ」

佐賀はすんと鼻をすすった。

「どうやって？」

「ハグは憂鬱よけに有効だと言ったろう？　おまえが寂しいとき、いつもこうして抱きしめている」

「……そんなことで？」

佐賀は小さく噴き出した。スマートでハンサムでお金持ちのくせに、ずいぶんと幼い手段をとるものだ。

サフィルは大真面目《おおまじめ》だ。

「大切なことだ。私はおまえのハグで寂しさを忘れられた」

ああそうか、と思い出す。美食に美酒、美少年でも治せなかったこの青年の気鬱の病は、佐賀のハグで退治されたのだ。

「そうだね、大切なことだ。……大切、だよ」

また涙がどっと出て、佐賀は子供のようにわんわん泣いた。おじさんがこんなんじゃみっともない、とも思ったが、今の自分は、見てくれだけは若いかわいこちゃんだからいいか、とも思った。

サフィルはいやな顔もせず、黙ってつきあってくれていた。


サフィルは、午後の軽食の時間にサガがいないのに気付いて、胸騒ぎがして、他の二人とともに探してくれたらしい。まさか川に行ったのではないかと思い当たって、それで血相を変えて駆けつけたのだ。

佐賀がわあわあ泣いているところにベリルたちもやって来て、恥ずかしいところを見られたが、みんな慰めてくれた。ベリルは泣かないでとやさしくハグしてくれたし、マルガルも元気出せと肩をたたいてくれた。我に返るときまり悪いことこの上なかったが、

「あーもう、みんな甘やかしすぎだよ。僕はおじさんなんだよ？」

「サガ、あんまり説得力ない……」

などと笑いがとれたので、まあよしとしよう。

ちなみに、川の名前は《ソレール》だった。「のるかそるか」とは、まあ似ていると言って言えなくもない。「太陽の流れ」というような意味だそうで、遠くから見ると、きらきらと光が流れている

かのような姿から、そう名付けられたのだろう。

「サガ、これが読めるか？」

気がつけばためいきをついてしまう佐賀の前に、サフィルが一枚の紙片を差し出したのは、次の日のことだった。

佐賀は首をかしげた。

「なんだい？　この国の文字は読めないと思うよ？」

紙は四つに折りたたまれており、広げてみると、見慣れた縦書きの文字が並んでいた。日本語の書きつけだ。佐賀は驚いた。

「どうしたの、これ？」

「父祖の日記にはさんであった。……前の《さすらい人》が川へ行ったあとで、彼の部屋から見つけたらしい。父祖はこれが読めなかったが、遺書のようなものなのだろうと考えていたようだ。読めないことをくやしがり、彼にもっと目をくばっておかなかったことを悔いていた」

佐賀はそれを読んだ。旧仮名遣いと旧字体で、すらすら読み下すというわけにはいかないが、それだけにいっそう、当時これを書いた、自分と同じ立場に置かれた人物の思いが、胸にしみるようだった。

「……ここの人たちにはよくしてもらったって。ジル殿には殊に……ジル殿って？」

「たぶん、ジリウス――当時この荘園を管理していた、大叔父の名だ」

「そのジル殿に、感謝の言葉が連ねてあるよ。でも自分は、もとの世界に許嫁《いいなずけ》を残してきたので、何としても帰らなくてはならないって。川へ行ってみようと思うって……もとの世界に帰れても、たとえ失敗して溺れ死んだとしても、ジル殿の厚意は忘れないって」

「……そうか」

サフィルも神妙な面持ちでそれを聞いていた。

佐賀はまた手紙に視線を落とした。そこには、佐賀と同じように、突然この世界に飛ばされてきた人物の、異邦人としての戸惑い、不安、ジル殿に親切にされたときの安堵などが書かれていた。右も左もわからず、常識も作法も異なる国で、ジル殿の気遣いがどんなにありがたかったことか、と。

顔かたちが変わっていたのも、佐賀と同じだ。この顔でもとの世界に戻れたとして、周囲の人々が自分と認めてくれるかわからないということも記されていた。一年という月日をこの世界ですごし、もしかしたらこの世界にいるほうが幸いなのかもしれないと思いながら、元の世界に残された許嫁が、突然行方知れずになった自分の帰りを待っているかもしれない、もしそうだとしたら、あたら花の盛りを無為に散らすことになるかもしれず、それはあまりにも不憫だ、やはり自分は戻ろうと思う――そういった葛藤と決意が、几帳面そうな筆跡でつづられている。

末尾には、奥田栄輔《おくだえいすけ》という署名があった。それが佐賀より前、今から七十年ばかり以前にこの世界に来た人の名前だ。

結果として彼は帰れなかった。それとも、魂は帰ったのだろうか。何かの奇跡が起きて、彼を待ち続けた許嫁と再会を果たしたと思いたいが。

佐賀も覚悟を決めることにした。変化になかなかついていけないのはおじさんの特性だが、総務課長の辞令がくだったときも、旅行先で両親が帰らぬ人となったときも、ショックを受け、動揺し、途方に暮れもしたが、そのどちらも乗り越えて今がある。おじさんだって頑張らねばならないのだ。

幸いにして、そばにはサフィルがいる。佐賀を心身ともに（経済的にも）サポートしてくれる、頼もしい存在だ。

そして、頼るばかりではなく、自分も多少はサフィルの役に立つと信じたい。

「サガ、じき都に帰ろうと思う。父からは、不肖の息子扱いされるだろうが、逃げていてはいけないのだ」

「そうだね。えらいよ、サフィル」

「一緒に来てくれないか。私を支えてほしいのだ。……くじけそうな私を励まし、逃げ出しそうな私を、だめだと叱ってほしい」

そういうことを、手をとって間近で懇願されたので、佐賀はてれた。

「いやだねえこの子は、それじゃまるでプロポーズじゃないか」

などと言わでものことを口走ってしまい、自分の言葉に赤面した。

「サガ、顔が真っ赤だ」

「そういうことは、思ってても武士の情けで言わないもんだよ」

「ブシとは何だ」

「身分階級のひとつだよ。武をもって主君に仕えるんだ」

「サガは武士なのか」

「僕はサラリーマンだけど、日本男児にはすべからく武士の血が流れてるんだよ」

「そうか」

サフィルは、わかったようなわからないような顔つきでうなずいた。

このとき、身分制度はすでにないということを説明しなかったため、佐賀のもといた世界は武人が多く、そんな中で馬に乗るのも下手な佐賀は、自分と同じようにおちこぼれだったのだろうとサフィルが誤解したことを佐賀が知るのは、もう少しあとのことになる。


―終―

あとがき

こんにちは、佐倉朱里《さくらあかり》です。

佐倉にしては珍しくもラブコメタッチの作品となりましたが、カワイイ（見た目だけ）おっさんとかわいい（こちらは正真正銘）若者の物語はいかがでしたか？

担当さんから「今度は異世界トリップものはどうでしょう？」とおすすめがあったのは、二〇一三年七月（制作ノートによれば十九日）のことでした。

「あんまり難しく考えずに、さくっと書いてみましょう！　つきましては初稿を九月末〆切でお願いします」などと指定され、えええええ、と慌てふためいたものの、確かに佐倉はいつもしちめんどくさく考えすぎだからね…と気を取り直し、いつもだいたい百二十枚くらい書くつもりで百四十枚くらいにはなるから、今度もそのくらい書いてみて、足りない分はもう一本書くというのいつものスタイルでいこう、とさくさく書き始めてみた…のですが。

どういうわけか、書いても書いても終わらない。パソコンに向かい、一気に二十枚も三十枚も書き進めるわけではありませんが、毎日こつこつちまちま書いていても、いっこうに終わらない。ゴール地点が見えているのに、行けども行けどもたどり着けない。これはいったい何としたこと!? と首をひねっていたら、ページ数的にはすでに百八十枚を越えていました。ちゃんと頑張ってはいたのです（※当社比）。

そんなわけで、ショートランナーの佐倉には珍しく、今回は一冊まるまる一本のお話となりました。

さて、「難しく考えずにさくっと書く」とはいえ、異世界トリップファンタジーである以上、世界を構築するために考えることは必要です。今回は、ちょっと古代ローマっぽいあたりを想定して、資料なども読んでみましたが、雰囲気だけそれっぽい感じです。通常運転です。

主要登場人物の名前は宝石からとりました。サフィル（sapphirus＝サファイア）、ベリル（beryllus＝緑柱石）、マルガル（margarita＝真珠）などです。

サガというのは少し違って、ラテン語で「女予言者」、北欧で「叙事詩」という意味合いを抜き出して、異世界から来た、ミステリアスな、もしかしたら福音をもたらすかもしれない、辻占を運ぶ人、のような性格を持たせました。……実はただのおっさんなのですが。

しかしこのただのおっさんが、イラストのやまがたさとみ先生の手にかかるとまことに愛すべきおっさんになって、非常にキュートです。美少年になってからはさらにラブリーです。脇役の二人、マルガルもベリルもまさにイメージ通りで、ラフをいただくたび「うふふ」「えへへ」と笑ってしまいました。

マルガルとベリルに関しては、執筆中にふと思いついた彼らの事情がふくらんでいるので、機会があったら書かせていただきたいなあ…と思っているのですが、ど、どうかしら。だめかしら。

読んでみたいと思われた心優しいかたは、編集部あてに「書かせてやれ」とお手紙を出していただけるとありがたく存じます。


そろそろ紙面が尽きるようですので、最後にもう一度だけ。

すてきなイラストをつけてくださったやまがた先生、本当にありがとうございます。

タイトルを一緒に考えてくださった担当Oさん、お世話になりました。

そしてこの本をお買い上げくださったみなさま、ありがとうございます。楽しんでいただけたら嬉しいです。

それでは、またお会いできますように。

二〇一四年二月吉日

佐倉朱里　拝

LYNX ROMANCE

眠《ねむ》り姫《ひめ》とチョコレート

佐倉朱里　illust. 青山十三

898円（本体価格855円）

バー・チェネレントラを経営している長身でハンサムな優しい男・黒田剛は、店で繰り広げられる恋の行方をいつでも温かく見守り、時にはキューピッドにもなってきた。そんな黒田だが、その実、素はオネエ言葉な乙女男子だった。恋はしたいけれど、こんな男らしい自分が受け身の恋なんて出来るはずがないと諦めている。しかしある日、バーの厨房で働くシェフの関口から突然口説かれて…。

LYNX ROMANCE

月《つき》と茉莉花《まつりか》

佐倉朱里　illust. 雪舟薫

898円（本体価格855円）

太子の煬大牙は、自国を裏切った国『湘』を滅ぼし、目の見えない湘の第一公子を捕虜にする。その公子は名も無く、湘王である父に廃嫡とされ、存在すら認められず北の離宮に幽閉されていた。それでも潔く覚悟を決め、亡き湘と運命を共にしようとする儚げで美しい公子に、大牙はいつしか心惹かれ始めるのだったが…。切なくも甘い、魂を揺さぶる感動の歴史ロマン。

LYNX ROMANCE

月《つき》と茉莉花《まつりか》 ～羞花閉月～

佐倉朱里　illust. 雪舟薫

898円（本体価格855円）

滅びた湘国の王族で、唯一生き残った月心は、煬大牙の庇護のもと、書物の暗誦をする日々を送っていた。父王によって廃嫡された月心に、憐憫の情を感じた大牙は、ある日、彼の元服を行なおうとするが、なぜか拒まれてしまう。理由を問うが頑なに語ろうとしない月心を大牙は責めてしまい…。切なくも甘い感動の歴史ロマン第二弾。

LYNX ROMANCE

月《つき》と茉莉花《まつりか》 ～月に歩す～

佐倉朱里　illust. 雪舟薫

898円（本体価格855円）

滅びた湘国の王族で、唯一生き残った月心は、煬大牙の計らいでめでたく元服し、伶人として朝に仕えることになった。典楽庁の他の伶人に湘の楽曲を伝授する役目を賜った月心だったが、楽生のうちの一人から度々いやがらせを受けるようになる。日々、傷心していく月心に、大牙は憂慮を抱いていたが…。表題作に、大牙が妃を探す最終話も加えた、切なくも甘い感動の歴史ロマン第三弾、待望のシリーズ完結篇。

LYNX ROMANCE

三《さん》希《き》堂《どう》奇《き》譚《たん》

佐倉朱里　illust. 小路龍流

898円（本体価格855円）

古美術店『三希堂』で働く美貌の青年、翡翠。人を操ることのできる、エメラルド色の瞳—邪眼を持つ翡翠は、オーナーである崔輝耀に好意を抱いている。邪眼の能力で自分の虜になって欲しいと願うが、輝耀に対してはなぜか能力が効かなかった。輝耀をつなぎとめておけないなら邪眼などいらないと日々思い悩んでいたが、翡翠は記憶がない三年前の自分の過去を知るという男に突然誘拐されたことで、輝耀の隠された秘密を知り…。

LYNX ROMANCE

緋《ひ》色《いろ》の海《かい》賊《ぞく》 上

佐倉朱里　illust. 櫻井しゅしゅしゅ

898円（本体価格855円）

洋上任務を終え、帰国の途についていた英国海軍のフリゲート、インヴィンシブル号。艦上にいた英国海軍将校のキャプテン・コリンズは、カリブ海を航海中、背中に深紅の鳥の刺青を背負った男を救助する。彼は海賊"ルビー・モーガン"の船長、山猫と恐れられるキャプテン・スカーレットだった。山猫を捕縛したコリンズだったが、偽ルビー・モーガン出現の報を受け、その討伐のため、嫌々ながらも山猫と行動を共にすることに…。

LYNX ROMANCE

緋《ひ》色《いろ》の海《かい》賊《ぞく》 下

佐倉朱里　illust. 櫻井しゅしゅしゅ

898円（本体価格855円）

英国海軍のキャプテン・コリンズと、山猫と呼ばれる海賊キャプテン・スカーレット。追う者と追われる者、対極にいる二人だったが、同じ獲物を追ううちに再び巡り合うこととなった。コリンズを掌中に収めたい山猫は、あの手この手を使って彼を海賊に引き込もうとするが、いずれも空振りに終わる。業を煮やした山猫は、ついに強硬手段に出るが…。相容れない運命の二人の関係に、遂に終止符が打たれる！

LYNX ROMANCE

唇《くちびる》にコルト

佐倉朱里　illust. 朝南かつみ

898円（本体価格855円）

古ぼけた小さなビルで、探偵事務所を営んでいる平沢翼は、裏の稼業で殺し屋をしている。ある日、一夜の相手を見つけるため出向いたバーで、一人の男と出会う。一夜限りの情事で別れた平沢だったが、後日偶然彼が探偵事務所を訪れる。元警官で現在失業中だというその男・平井輝之と、それからというもの、平井は平沢の事務所に度々顔を出すようになり、二人の距離は徐々に縮まっていき…。

LYNX ROMANCE

陽《かげ》炎《ろう》の国《くに》と竜《りゅう》の剣《けん》

佐倉朱里 illust. 子刻

898円
（本体価格855円）

かつて栄えたオアシス都市・ミーランでは、水は涸れかけ、疫病も流行っていた。窮地に立たされた美しき王・イスファンディールの元に、伯父の遣いでハヤブサを携えた謎の剣士が現れる。その男、シャイルはイスファンディールをことのほか気に入り、暫く王宮に留まることに。剣士は人知の及ばぬ不思議な力を持っており、何でも願いを叶えてやるかわりに、イスファンディールの身体を報酬に欲しいと言い出して…!?

LYNX ROMANCE

臆《おく》病《びょう》なジュエル

きたざわ尋子 illust. 陵クミコ

898円
（本体価格855円）

地味だが整った容姿の湊都は、浮気性の恋人と付き合い続けたことですっかり自分に自信を無くしてしまっていた。そんなある日、勤務先の会社の倒産をきっかけに高校時代の先輩・達祐のもとを訪れることになる湊都。達祐を慕っていた湊都は、久しぶりの再会を喜ぶが、達祐から「昔からおまえが好きだった」と突然の告白を受ける。強引な達祐に戸惑いながらも、一緒に過ごすことで湊都は次第に自分が変わっていくのを感じ…。

LYNX ROMANCE

カデンツァ３ ～青の軌跡〈番外編〉～

久能千明 illust. 沖麻実也

898円
（本体価格855円）

ジュール＝ヴェルヌより帰還し、故郷の月に降り立ったカイ。自身をバディ飛行へと駆り立てた原因でもある義父・ドレイクとの確執を乗り越えたカイは、再会した三四郎と共に『月の独立』という大きな目的に向かって邁進し始めた。そこに意外な人物まで加わり、バディとしての新たな戦いが今、幕を開ける――！ そして状況が大きく動き出す中、カイは三四郎に『とある秘密』を抱えていて…？

LYNX ROMANCE

ファーストエッグ１

谷崎泉 illust. 麻生海

898円
（本体価格855円）

風変わりな刑事ばかりが所属する、警視庁捜査一課外れの部署『五係』。中でも佐竹は時間にルーズな問題刑事だ。だが、こと捜査においては抜群の捜査能力を発揮していた。そんな佐竹が抱える態度以上の問題は、とある事件をきっかけに、元暴力団幹部である高御堂が営む高級料亭で彼と同棲し、身体だけの関係を続けていること。佐竹はその関係を断つことが出来ないでいた。そんな中、五係に真面目で堅物な黒岩が異動してきて…？

LYNX ROMANCE

ワンコとはしません！

火崎勇　illust. 角田緑

898円
（本体価格855円）

子供の頃、隣の家に住んでいたお兄さん・仁司のことが大好きだった花岡望。一緒に愛犬タロの散歩にいったり、本当の兄のように慕っていたが、突然彼の一家が引っ越してしまう。さらに同じ日にタロが事故に遭い、死んでしまった。そして大学生になったある日、望はバイト先のカフェで仁司と再会する。仁司としばらく楽しい時間を過ごしていたが、タロの遺品である首輪を見せた途端、彼は突然望の顔を舐め、「ワン」と鳴き…？

LYNX ROMANCE

赦《ゆる》されざる罪《つみ》の夜《よる》

いとう由貴　illust. 高崎ぼすこ

898円
（本体価格855円）

精悍な容貌の久保田貴俊は、ある夜バーで、淫らな色気をまとった上原慎哉に声をかけられ、誘われるままに寝てしまう。あくまで『遊び』のはずだったが、次第に上原の身体にのめり込んでいく貴俊。だがある日、貴俊は上原の身体をいいように弄んでいく男の存在を知る。自分に見せたことのない表情で命じられるまま自慰をする上原に言いようのない苛立ちを感じるが、彼がある償いのために、身体を差し出していると知り…。

LYNX ROMANCE

竜王《りゅうおう》の后《きさき》

剛しいら　illust. 香咲

898円
（本体価格855円）

皇帝を阻む唯一の存在・竜王が妻を娶り、その力を覚醒させる――予言を恐れた皇帝により、村は次々と焼き払われた。そんな村跡で動物と心を通わせられる穏やかな青年・シンは、精悍な男を助ける。男は言葉も記憶も失い、日常生活すら一人では覚束ない様子。シンは彼をリュウと名付け、共に暮らし始めたが、ある夜、普段の愚鈍な姿からは思いもよらない威圧的な態度のリュウに、自分は竜王だと言われ、無理やり体を開かれて――。

LYNX ROMANCE

天《てん》使《し》強《ごう》奪《だつ》

六青みつみ　illust. 青井秋

898円
（本体価格855円）

身体、忍耐力は抜群だが、人と争うことが苦手なクライスは、王室警護士になり穏やかな毎日を送っていた。そんなある日、王家の一員が悪魔に憑依され、凄腕のエクソシスト『エリファス・レヴィ』がやってくる。クライスはひと目見て彼に心を奪われるが、高嶺の花だと諦める。だが、自分でも知らなかった『守護者』の能力を買われ彼の警護役に抜擢される。寝起きをともにする日々に、エリファスへの気持ちは高まってゆき…。

LYNX ROMANCE

裸《はだか》執事《しつじ》〜縛鎖〜

水戸泉

原作：マーダー工房　illust. 倒神神倒

本体価格
855円＋税

大学生の前田智明は、仕事をクビになり途方に暮れていた。そんな時、日給三万円という求人を目にする。誘惑に負け指定の場所に向かった智明の前に現れたのは、豪邸と見目麗しい執事たち…。アルバイトの内容はなんとご主人様として執事を従えることだった。はじめは当惑したが、どんな命令にも逆らわない執事たちに、サディスティックな欲望を覚えはじめた智明。次第にエスカレートし、執事たちを淫らに弄ぶ悦びに目覚め——。

LYNX ROMANCE

マジで恋《こい》する千《せん》年《ねん》前《まえ》

松雪奈々　illust. サマミヤアカザ

本体価格
855円＋税

平凡な大学生の真生は突然平安時代にタイムスリップしてしまう。なんと波長が合うという理由で、陰陽師・安倍晴明に心と身体を入れ替えられてしまったのだ。さらに思う存分現代生活を満喫したいという晴明のわがままにより、三カ月の間平安時代で彼の身代わりをする羽目に。無理だと断るが、晴明が残した美貌の式神・佐久に命じられるままなんとか晴明のふりをする真生。そんな中、自分を支えてくれる佐久に惹かれていくが…。

LYNX ROMANCE

身《み》代《が》わり花《はな》嫁《よめ》の誓《せい》約《やく》

神楽日夏　illust. 壱也

本体価格
855円＋税

柔らかな顔立ちの大学生・珠里は、名門・鷲津家に仕える烏丸家の跡取りとして、鍛錬に励む日々を送っていた。そんなある日、幼い頃から仕えてきた主の威仁がザーミル王国のアシュリー姫と婚約したと聞かく。どこか寂しさを覚えつつも、威仁の婚約者を守るため、人前ではアシュリー姫の身代わりを引き受けることになった珠里。だが身代わりの筈なのに、まるで本物の恋人のように扱ってくる威仁に次第に戸惑いを覚えはじめて…。

LYNX ROMANCE

蝕《むしば》みの月《つき》

高原いちか　illust. 小山田あみ

本体価格
855円＋税

画商を営む汐方家の三兄弟、京、三輪、梓馬。三人の関係は四年前、病で自暴自棄になった次男の三輪を三男の梓馬が抱いたことで、大きく変わった。血の繋がらない梓馬だけでなく、幼い頃から三輪を想ってくれた長男の京まで三輪を求めてきたのだ。二人の関係を知った梓馬のまっすぐな気持ちを嬉しく思いながら、兄に逆らえず身体を開かれる三輪。実の兄からの執着と、義理の弟からの愛情に翻弄される先に待つものは——。

LYNX ROMANCE

ネコミミ王子《おうじ》

茜花らら　illust. 三尾じゅん太

本体価格 855円+税

母が亡くなり、天涯孤独となった千鶴の元に、ある日、存在すら知らなかった祖父の弁護士がやって来る。なんと、千鶴に数億にのぼる遺産を相続する権利があるらしい。しかし、遺産を相続するには士郎という男と一緒に暮らし、彼の面倒を見ることが条件だという。しばらく様子を見るため、一緒に暮らし始めた千鶴だが、カッコイイ見た目に反して、ワガママで甘えたな士郎。しかも興奮するとネコミミとしっぽが飛び出る体質で…。

LYNX ROMANCE

幼馴《おさなな》染《じ》み～荊《いばら》の部屋～

沙野風結子　illust. 乃一ミクロ

本体価格 855円+税

母の葬儀を終えた舟の元に、華やかな雰囲気の敦朗が訪ねてくる。二人は十年振りに再会する幼馴染みだ。十年前、地味で控えめな高校生だった舟は、溌剌とした輝きを持つ敦朗に焦がれるような想いを抱いていた。だが親友ですらない、ただの幼馴染みであることに耐えかねた舟は、敦朗と決別することを選んだ。突然の来訪に戸惑い、何も変われていないことに苛立ちを覚える舟の脳裏に、彼との苦しくも甘美な日々が鮮明に甦り――。

LYNX ROMANCE

マルタイ —SPの恋人—

妃川螢　illust. 亜樹良のりかず

本体価格 855円+税

来日した某国首相の皇子・アナスタシアの警護を命じられた警視庁SPの室塚。我が儘セレブに慣れていない室塚は、アナスタシアの奔放っぷりに唖然とする。しかも、彼の要望から二十四時間体制で警護にあたることに。買い物や観光に振り回されてぐったりする反面、室塚は存外それを楽しんでいることに気付く。そして、アナスタシアの抱える寂しさや無邪気な素顔に徐々に惹かれていく。そんな中アナスタシアが拉致されしまい…。

LYNX ROMANCE

クリスタル ガーディアン

水壬楓子　illust. 土屋むう

本体価格 855円+税

北方五都と呼ばれる地方で、もっとも広大な領土と国力を持つ月都。月都の王族には守護獣がつき、主である王族が死ぬか、契約解除が告げられるまで、その関係は続いていく。しかし、月都の第七皇子・守善には守護獣がつかなかった。だがある日、兄である第一皇子から「将来の国の守りも考え伝説の守護獣である雪豹と契約を結んでこい」と命じられる。さらに豹の守護獣・イリヤを預けられ、一緒に旅をすることになり…。

この本を読んでの
ご意見・ご感想を
お寄せ下さい。

〒151-0051
東京都渋谷区千駄ヶ谷4-9-7
(株)幻冬舎コミックス　リンクス編集部
「佐倉朱里《さくらあかり》先生」係／「やまがたさとみ先生」係

リンクス ロマンス

美少年の事情

2014年2月28日　第1刷発行

著者……………佐倉朱里《さくらあかり》
発行人…………伊藤嘉彦
発行元…………株式会社　幻冬舎コミックス
〒151-0051　東京都渋谷区千駄ヶ谷4-9-7
TEL 03-5411-6431（編集）
発売元…………株式会社　幻冬舎
〒151-0051　東京都渋谷区千駄ヶ谷4-9-7
TEL 03-5411-6222（営業）
振替00120-8-767643
印刷・製本所…共同印刷株式会社
検印廃止

ISBN978-4-344-83053-0 C0293
Printed in Japan

幻冬舎コミックスホームページ　http://www.gentosha-comics.net